Julia Salenz

TATZENFREU(N)DE

AF284551

Julia Salenz

TATZENFREU(N)DE

Impressum

Bibliografische Information der Deutschen Nationalbibliothek:
Die Deutsche Nationalbibliothek verzeichnet diese Publikation in der Deutschen Nationalbibliografie; detaillierte bibliografische Daten sind im Internet über http://dnb.dnb.de abrufbar.

Verlag: BoD · Books on Demand GmbH,
In de Tarpen 42, 22848 Norderstedt, bod@bod.de

Druck: Libri Plureos GmbH, Friedensallee 273, 22763 Hamburg

ISBN: 978-3-7557-1468-2

EINS

„Miau, miaauuu. Hallooo, hört mich denn keiner?!"

Das Maunzen wurde immer kläglicher, bis es von einem Scharren und Schnaufen abgelöst wurde. Stinker tat alles, was in ihrer Macht stand, um auf sich aufmerksam zu machen. Die Krallen ihrer weißen Pfoten kratzten wild und unaufhörlich über den kalten nackten Betonboden. Das kleine rosafarbene Schnäuzchen presste sich fest gegen den harten Widerstand, der sich ihr in den Weg stellte.

Sie war sich so sicher, dass sie aus dieser Richtung gekommen ist!

Stinker nahm ihren eigenen Duft, den ihre kleinen Pfötchen hinterlassen hatten, noch deutlich wahr. Aber vergeblich, an dieser Stelle gab es keinen Weg mehr hinaus. Die kleine Katze wurde schlagartig sehr traurig, als ihr dies bewusst wurde. Um sie herum herrschte gespenstige Dunkelheit und sie verstand die Welt nicht mehr. Wo war die Sonne geblieben, die sonst ihr schwarzes Fell wärmte und sie blinzeln ließ?

Stinker erinnerte sich nur noch an diesen herrlichen Geruch, der sie von ihrem Zuhause weg, einmal direkt über die Straße geführt hatte. Sie folgte ihm, diesem verführerischen Duft, die Nase dicht am Boden und vergaß dabei alles um sich herum. Vor allem dachte sie in diesem Moment nicht an Socke, diesen naseweisen Kater, der vor wenigen Wochen ungefragt in ihr Zuhause eingezogen war und sie bisher nur genervt hatte. Ewig wollte er spielen oder sie ausgiebig beschnüffeln. Und wenn sie gerade herrlich träumte, tobte er quiekend um sie herum, sodass einer zierlichen Katze wie ihr Angst und Bange wurde. Da galt es nur noch, die Flucht auf den nächstgelegenen Schrank anzutreten, um bei der ungestümen Jagd von Socke auf unsichtbare Mäuse nicht wie ein Brummkreisel über den Boden zu trudeln. Seinetwegen trug sie auch diesen blöden großen rosafarbenen Verband an der Schwanzspitze.

Natürlich liebte Stinker es ebenfalls Mäuse zu jagen – sichtbare und unsichtbare – aber sie, die weitaus erfahrenere Jägerin, wusste natürlich, dass Gepolter und Gequieke sogar die taubste Maus verschrecken würde.

Wenn Stinker auf Mäusejagd ging, benahm sie sich geduldig und still. Auf lautlosen Sohlen näherte sie sich in Zeitlupentempo, ganz vorsichtig, eine Pfote vor der anderen, auch dem leisesten Rascheln. Dabei versuchte sie selbst, ja kein Geräusch zu verursachen, nur ihr Schwanz zuckte leicht vor

Anspannung. Plötzlich und ganz unvermittelt setzte sie dann zu einem gezielten Sprung an, ihr Rücken formte sich dabei zu einem halbrunden Buckel, um auf der vermeintlichen Maus zu landen. Manchmal klappte es, oftmals nicht. Stinker machte das nichts aus und sie startete, wenn ihr gerade danach war, einen neuen Versuch.

Doch all das schien gerade weit weg. Mit kleinen trippelnden Schritten hatte Stinker nach der ausgiebigen Mittagsruhe, die sie täglich in einem Körbchen liegend auf dem Regal verbrachte, die Straße überquert, glücklicherweise nur eine wenig befahrene Sackgasse. Stinker war ursprünglich etwas wütend auf ihren Lieblingsmenschen gewesen.

„Stinkie, so geht das nicht, sieh doch was du angerichtet hast. Ich muss arbeiten und jetzt habe ich erneut diese Fehlermeldung auf dem Bildschirm", hörte sie noch die Worte im Ohr, als Frauchen plötzlich mit einer Tasse Tee aus der Küche kommend vor dem Schreibtisch gestanden hatte. Energisch war Stinker von der Tastatur des Computers, auf der sie so gerne saß, um ihren Kopf am Bildschirm zu reiben, heruntergehoben und nach draußen vor die Tür gesetzt worden.

„Schau mal, wie schön die Sonne scheint und Socke ist auch schon draußen", lautete die eindeutige Ansage, jetzt bloß nicht weiter zu stören.

Pah, der, dachte Stinker verächtlich. Socke soll mich bloß in Ruhe lassen! Mein Schwanz tut mir immer noch weh! Noch unentschlossen hatte sie deshalb auf der Terrasse gesessen, als von weitem dieser fremde, aber doch interessante Geruch an ihre Nase drang. Die Schmerzen in der Schwanzspitze und den Ärger über den Lieblingsmenschen vergaß sie in diesem Moment völlig.

Urplötzlich hatte sich ein wenig Aufregung in ihr breitgemacht, ein wohliges Gefühl der Neugierde und pure Lebensfreude war in sie hineingeströmt. Ihre rosafarben umwickelte Schwanzspitze bewegte sich am leicht nach unten gebogenen Schwanz aufgeregt hin und her, als sie durch den Garten lief: Zuerst an dem kleinen Teich vorbei, die Goldfische, die bei dem Anblick des Schattens der kleinen Katze schnell in die Tiefe huschten, beachtete sie nicht. Dann übersprang sie zunächst die niedrige Buchsbaumhecke, bevor sie vorsichtig die gepflasterte Straße überquerte. Auch hier bemerkte sie nicht, dass sie aus dem gegenüberliegenden Gebüsch heraus beobachtet wurde.

Der Duft, der sie angelockt hatte, zog sich weiter, immer weiter. Vorbei an einem riesigen Tisch, auf dem allerlei Zeugs stand und von dem es plötzlich etwas müffelte. Stinker stoppte kurz, hob den Kopf und schüttelte sich angewidert. „Pfui, woher kommt denn dieser widerliche Geruch?" murmelte sie vor sich hin.

Eilig war sie – mit ihren kurzen Beinen einen kleinen Bogen schlagend – vorbei an vier großen Rädern getippelt und hatte die wohlduftende Fährte wieder aufgenommen. Mit jedem Schritt wurde es dunkler um sie herum und ihr Herz schlug dann doch etwas schneller.

„Nur noch ein kleines Stückchen", beruhigte sie sich selbst. „Nur mal kurz gucken, was hier so herrlich riecht, dann kehre ich wieder um."

Plötzlich war da dieses dumpfe Geräusch gewesen, ein schepperndes Grollen und schließlich ein quietschendes Poltern. Stinker erschrak und da sie nicht zur Heldin geboren war, schlüpfte sie mit zwei großen Sprüngen unter ein Regal, das gleich neben ihr mit bedenklich vielen Sachen bis unter die Decke vollgestopft stand. Die Sonne verschwand innerhalb von Sekunden und als es völlig dunkel um sie herum wurde, herrschte nur noch diese unheimliche Stille.

„Hier stimmt was nicht!" Instinktiv war Stinker unter dem Regal hervorgekrochen, der vorher so verlockende Geruch war vergessen.

„Jetzt nur noch schnell nach Hause!"

Ein kleines Grummeln im Bauch erinnerte Stinker auch daran, dass sie seit dem Morgen nichts mehr gefressen hatte und mittlerweile war es sicher schon Nachmittag.

Vorsichtig setzte sie eine weiße Pfote vor die andere. Besaß die kleine Katze auf dem Rücken schwarzes Fell, so waren ihr Bauch wie auch ihre Pfoten plüschig weiß. Ihr Gesicht war zur einen Hälfte mit weißem Fell bedeckt und auf der anderen Seite größtenteils schwarz. Lustig sah das aus: Wie eine Maske zog sich das weiße Fell über ihr Gesicht. An der rechten Hinterpfote und am Kinn hatte sich die Natur etwas Besonderes ausgedacht. Ein kreisrunder schwarzer Fleck zierte das weiße Bein und das weiße Kinn.

Die schwarzen Ohren waren aufmerksam gespitzt und drehten sich mit den Geräuschen, die nun scheinbar von viel weiter weg kamen als zuvor. Die weißen Schnurrbarthaare vibrierten leicht und ließen sie zielsicher den Weg zurück ertasten.

Hier, hier muss es sein, von hier bin ich gekommen, dachte Stinker nun. Doch der Weg war versperrt. Sie machte einige Schritte nach links und einige Schritte nach rechts. *Nichts!*

Langsam breitete sich Panik in ihr aus und sie lief unablässig auf und ab. Auch erkundete sie nach einiger Zeit vorsichtig den restlichen Raum, aber da waren kein Spalt und keine Ritze, durch die Licht dringen konnte. Ein großes Tor, was vorher nicht dagewesen war, versperrte Stinker den Rückweg. Ein zarter Lufthauch verriet allerdings, dass es hier einen nun verschlossenen Weg nach draußen geben musste. Ratlos legte sie sich hin, um über ihre Situation nachzudenken und es dauerte nicht lange, bis ihre Augen vor Erschöpfung zufielen. Die letzte halbe Stunde war einfach zu aufregend gewesen.

Z W E I

Als Stinker erwachte, lag sie im dichten hohen Gras am Rande einer Sommerwiese. Einige Blütenköpfe wippten federleicht im kaum spürbaren Wind. Ein weißer Schmetterling setzte sich mutig nur einen halben Meter von ihr entfernt auf eine große gelbe Blume, ganz so, als wollte er sie zum Spielen auffordern. Hummeln schwirrten geschäftig durch die Gegend, um genügend Nektar zu sammeln oder einfach nur, um aus jeder Blüte zu kosten.

Allerdings hieß die kleine schwarz-weiße Katze zu diesem Zeitpunkt noch gar nicht Stinker, so würden sie ihre späteren Besitzer nennen, sondern wurde bis dato von allen nur Nelly genannt.

Nelly streckte ihre Pfoten genüsslich, zuerst die beiden Vorderpfoten – „uuaaah" – dann das rechte hintere Bein und anschließend das linke. „Das tat gut." Auch ein Gähnen konnte sie nicht unterdrücken.

„Wie lange hatte sie hier bloß gelegen?" Ach ja, jetzt erinnerte sie sich. Sie war morgens, es muss so gegen halb sechs Uhr in der Früh gewesen sein, jedenfalls waren bereits die ersten Strahlen der Sonne erkennbar gewesen, mit ihren beiden Brüdern Max und Shorty vom gemeinsamen Nachtlager im Pferdestall aufgestanden, um ja mit die ersten an den Futternäpfen zu sein.

Natürlich hatten sie nicht vergessen Fanny zu begrüßen, das kleine Shetland-Pony, das derzeit als einzige von den Stallbewohnern die Nacht nicht auf der Koppel verbrachte, da es sich am Huf verletzt hatte.

„Guten Morgen Fanny, wie geht es dir heute?"

„Guten Morgen ihr drei, vielen Dank mir geht es schon viel besser. Morgen werde ich wohl auch wieder auf die Koppel können", antwortete die gutgelaunte Fanny, die gerade aus der Raufe etwas Heu zupfte und genüsslich verspeiste, als die drei kleinen Katzen an ihr vorbei liefen.

„Oh, wie schön, dann sehen wir uns ja wieder draußen, jetzt müssen wir aber erstmal weiter."

Die kleine Rasselbande jagte zur Futterstelle, wo bereits sechs gut gefüllte Näpfe auf sie und die drei anderen Reiterhofkatzen warteten. Glücklicherweise waren die menschlichen Bewohner des Reitstalls ebenfalls Frühaufsteher, die als erstes die Katzen mit Futter versorgten.

Als die Rangelei um die besten Plätze zwischen den kleinen Katzen beendet war, kamen gemächlich die älteren Katzen dazu und alle fraßen still und genüsslich. Nur ab und an war ein leises Schmatzen zu hören.

Während sich die erwachsenen Katzen nach dem Fressen der Fellpflege widmeten, konnten es die Kleinen kaum abwarten und tobten zu dritt auf dem heimischen Hof umher. Ihre Mutter ermahnte sie noch, sich nicht allzu weit vom Pferdestall zu entfernen.

Sie hatten ein tolles Zuhause, gleich über dem Stall befand sich ein großer Heuboden, über und über mit Stroh. Dort war es, selbst wenn es draußen regnete und stürmte, gemütlich warm. Über eine kleine Leiter führte ein Weg hinunter. In den ersten Wochen hatte Nelly anfangs etwas Angst, die weit entfernten Leitersprossen zu verfehlen und zweimal war sie auch tatsächlich abgerutscht. Nachdem sie aber gemerkt hatte, dass sich Katzen beim Fallen automatisch so drehen, dass sie sogar aus größeren Höhen auf den Pfoten landen und ihr Körper die Landung zusätzlich stark abfedert, bekam sie Vertrauen in ihre Kletterkünste. Bei nicht allzu großer Höhe war das Verletzungsrisiko eher gering.

Die Hofbesitzer sorgten gut für die Katzen. Als sich damals Tinka, so wurde ihre Mutter von allen nur genannt, auf den Hof schlich, um heimlich auf dem Heuboden über dem Pferdestall ihre Welpen Nelly, Max und Shorty zur Welt zu bringen, hatte sie noch nicht gewusst, ob sie bleiben konnte. Die kleine Familie gesellte sich schließlich zu den beiden Hofkatzen und sie wurden alle freundlich empfangen. Anfangs war Tinka den Menschen gegenüber etwas misstrauisch gewesen, da sie wild geboren wurde und bisher nur ihre Freiheit kannte. Doch die bereits vorhandenen Katzen sowie die gut gefüllten Futternäpfe und die freundlichen Worte der Menschen sorgten für Vertrauen.

Im Laufe der Zeit kamen noch viele streichelnde Hände dazu, sodass Tinka und ihre Welpen den Hof nicht mehr verließen.

Allerdings schaute von Zeit zu Zeit Humpelkater vorbei, der aufgrund seines Handicaps einer steifen Pfote, welche er sich bei einem Unfall zugezogen hatte, manchmal etwas launisch war. Oftmals spielte er Verstecken mit den kleinen Katzen und sie liebten es, wenn er sie in ihrem vermeintlich sicheren Versteck aufspürte. Mit eng nach hinten anliegenden Ohren sausten sie dann flach geduckt an dem großen stattlichen Kater vorbei, dabei noch schnell ein paar Haken schlagend, um erst bei der nächsten Abbiegung zurückzuschauen, ob der etwas träge Kater die Verfolgung aufgenommen hatte. Meist war er dann nicht mehr zu sehen, denn Humpelkater war schlau: Er kannte den Reiterhof seit Jahren und jedes Loch und jede noch so kleine Abkürzung nutzte er zu seinem Vorteil. Was waren der Schrecken und das Gekreische groß, wenn er wie durch Zauberhand auf einmal wieder vor den jungen Kätzchen auftauchte, gerade als sie meinten im neuen Versteck angekommen ein wenig von dem vorherigen Spurt verschnaufen zu können.

Nelly hatte etwas Angst vor Humpelkater und war froh, wenn dieser nicht sie, sondern ihre Brüder verfolgte.

Auch heute sahen sie das graubraun getigerte Fell schon von weitem. Bevor die drei Geschwister allerdings Humpelkater sahen, hörten sie ihn bereits seine grummeligen Selbstgespräche führen: „Murr, mau, mauh, murr", brabbelte er vor sich hin.

„Oh je, Humpelkater hat heute wieder schlechte Laune! Nichts wie weg!" Ehe sich Nelly versehen konnte, waren ihre beiden Brüder auch schon verschwunden.

In der Tat: Der Kater war übel gelaunt. Als er heute Morgen seinen Napf besucht hatte, um zu frühstücken, war dieser bis auf ein paar winzige Krümel leer gewesen. Da hatte der freche Igel doch schon wieder sein Futter geklaut.

Außerdem schmerzte Humpelkater durch die ungleichmäßige Fortbewegung mit der steifen Pfote manchmal der leicht gekrümmte Rücken – so auch heute. Der Tag hatte schlecht begonnen und die drei vorwitzigen Racker, gerade einmal vier Monate alt, sollten ihm jetzt bloß nicht auf der Nase rumtanzen.

Nelly schaute sich ratlos um, wo sollte sie bloß hin? Aus den Augenwinkeln sah sie gerade noch Max und Shorty zurück zum Pferdestall rasen und durch das kleine Loch in der Tür, das extra für die Katzen eingesägt worden war, verschwinden.

Zu spät, durchfuhr es Nelly. Der griesgrämige Kater hatte sie schon erspäht und verharrte regungslos, das Zucken der weißen Schwanzspitze verriet sein Missbehagen und Nelly ahnte nichts Gutes.

Sie hielt die Luft an, aus Angst, ihr Atem könnte sie verraten und zog es vor, langsam im Rückwärtsgang, vorsichtig, ganz vorsichtig – eine

Pfote nach der anderen – fast schon im Schneckentempo nach hinten aus der Richtung, aus der sie eben noch gekommen war, davonzuschleichen, um sich dann plötzlich und ohne Vorwarnung umzudrehen und mit großen Sprüngen dem naheliegenden Feld entgegenzulaufen. Hier hoffte sie, sich im Dickicht des Feldrandes verstecken zu können.

Doch heute war alles anders. Humpelkater rannte Nelly so schnell, wie sie ihn noch nie erlebt hatte hinterher – die Ohren dicht am Kopf anliegend. Seiner Kehle entwich ein fürchterliches Fauchen. Nelly lief so schnell sie konnte, weiter, immer weiter durch das Feld, welches sie inzwischen schon lange erreicht und in dem sie zwischendurch sogar schon die Richtung gewechselt hatte.

Humpelkater war ihr immer noch auf den Fersen, sie spürte es genau, hörte sein drohendes Grollen und wagte es somit nicht, auch nur eine Sekunde anzuhalten.

Endlich, nach endlosen erscheinenden Minuten, ihre Beine waren nach der Anstrengung schon ganz lahm, Dreck und Staub hatten sich auf ihrem Gesicht verteilt und im Fell haftete die eine und andere kleine Klette, wagte sie, das Tempo zu verringern und einen Blick zurück zu werfen. Humpelkater war nicht mehr zu sehen.

Puh, Nelly erreichte eine kleine Wiese und ließ sich dort erschöpft, aber erleichtert durchatmend nieder. *Das war knapp. Ich bleibe jetzt besser erstmal eine Weile hier und warte ab, bis ich sicher bin, damit*

Humpelkater mir nicht mehr begegnen kann, ehe ich mich auf den Rückweg mache, dachte sie noch.

Soweit reichte ihre Erinnerung und nachdem sich Nelly genüsslich gestreckt hatte, benötigte sie noch ein wenig Zeit, um richtig wach zu werden. Sie sah freudig dem Schmetterling und den Hummeln nach, als ein Knacken sie erschreckt aufhorchen ließ. Die Erlebnisse des Morgens kamen ihr ins Gedächtnis.

Ich muss hier weg, dachte sie und machte sich auf in die Richtung, aus der sie vermeintlich gekommen war.

Komisch, die großen alten Bäume waren ihr auf dem Hinweg gar nicht aufgefallen. Die kleine Katze war sich aber trotzdem sicher, dass sie dieses Gebüsch mit den weißen Blüten bei der Flucht vor Humpelkater gekreuzt hatte.

Sie trabte frohen Mutes los, denn Nelly überkam plötzlich eine tiefe Sehnsucht nach ihren Geschwistern Max und Shorty.

Nach einiger Zeit blieb sie verwirrt stehen. Hier kam ihr alles unbekannt vor und es roch auch völlig fremd. Die Geräusche klangen ebenfalls anders, kein vertrautes Wiehern der Pferde, keine Kinderstimmen und auch kein tuckerndes Motorengeräusch des Treckers waren zu hören. Nelly hatte sich auf dem Weg zurück zum Pferdestall verirrt.

DREI

Nelly lief eine ganze Weile ziellos umher, als sie allerdings eine Libelle sah, vergaß sie fast wieder, dass sie eigentlich ihren Heimweg suchte und jagte dieser ungestüm hinterher, bis ihr auffiel, dass sie so bestimmt nicht den Rückweg finden würde. *Jetzt ist aber gut,* schalt sie sich selbst. *Ich muss zurück nach Hause!*
Felder lösten Wiesen ab, auf die noch mehr Wiesen folgten, aber so sehr sie sich auch anstrengte, kreuz und quer lief, die schwarz-weiße Katze konnte den Weg nach Hause nicht wiederfinden.
Nach einiger Zeit hörte sie von weitem ein tiefes Brummen und ehe sie sich versah, tauchte eine mehrspurige Straße vor ihr auf. Die großen Blechkisten und der Lärm und Gestank waren ihr gänzlich unbekannt und sie lief eingeschüchtert mit einigem Abstand parallel zur Straße.

So ein Mist, wo bin ich denn hier gelandet? Nelly war sich sicher, dass es eine so große Straße in der Nähe ihres Hofes nicht gab. Voller Sehnsucht dachte sie an das warme Stroh und an ihre Mutter, die sich sicherlich schon um sie sorgte. So lange war sie schließlich noch nie von zu Hause weg gewesen.

Langsam ging die Sonne unter, der Himmel färbte sich glutrot, doch dafür hatte Nelly keinen Blick, denn sie spürte Hunger und Durst. Die junge Katze hatte vor Aufregung gar nicht an das Fressen und Trinken gedacht und als ihr in diesem Moment eine dicke Spinne über den Weg lief, schnappte sie danach. Auch ein großer Käfer, der denselben Fehler machte, ihr zu begegnen, schmeckte gar nicht so schlecht.
Die Geräusche veränderten sich mit der Zeit, wo bis eben noch die Vögel gezwitschert hatten, wurde es ruhig. Auch roch es auf einmal ganz frisch und die kleine Katze umgab nur kurze Zeit später die Abenddämmerung.

Obwohl sie mit ihren Augen im Dunkeln bestens sehen konnte, zog sie es vor, im nächstgelegenen dichten Gebüsch zu schlafen, um sich von den Strapazen auszuruhen. Sie kroch geduckt auf allen Vieren ganz tief in das Strauchwerk hinein. „Puuh, Bääh, Pfui, Aua!" Spinnweben schlugen ihr ins Gesicht und das Geäst piekste ganz fürchterlich.
Trotzdem, hier fühlte sie sich sicher, denn der Fuchs, der eben gerade in einiger Entfernung vorbeigeschlichen war, flößte Nelly doch etwas Angst ein.

Sie döste mehr, als dass sie schlief und blinzelte des Öfteren mit den Augen, um sicherzugehen, dass auch wirklich niemand in ihr sicheres Versteck eindrang.

Ein lautes Krächzen riss Nelly aus dem Halbschlaf. Eine Etage über ihr ruckelte es heftig im Gebüsch. Einige Äste knackten besorgniserregend, die Blätter raschelten und ein paar Zweige fielen sogar Richtung Boden, genau auf den Kopf von Nelly.

Die junge Katze war sofort hellwach, bereit zum Sprung öffnete sie die Augen. Erleichterung machte sich im nächsten Moment in ihr breit. Zwei kleine schwarze Augen stierten sie neugierig an.

„Puh, hast du mich erschreckt!", sagte Nelly zu der großen schwarzen Krähe, die sich mit ihrer Nachbarin gestritten hatte und laut zeternd ebenfalls in den Busch geflüchtet war.

Trotzdem, als der Schnabel der Krähe sich Nelly bedrohlich näherte, hielt sie es für besser, das Gebüsch dem Vogel zu überlassen und setzte ihre Wanderung fort.

Angetrieben von Hunger und Durst näherte sich Nelly einer kleinen Häusersiedlung, die sie gestern Abend völlig übersehen hatte. Von weitem hörte sie ein Plätschern, zögerte erst, schlich dann aber doch vorsichtig zum ersten Haus. Sie kroch ganz flach am Boden liegend unter einem Zaun hindurch und befand sich auf einmal in einem großen Garten.

Das Geräusch, das sie angelockt hatte, kam von einem kleinen Bachlauf, der in einem Teich mündete und das Wasser erregte ihre Aufmerksamkeit. „Endlich etwas zu trinken!", seufzte sie und trank gierig mit schlabbernder Zunge. Nelly fühlte sich gleich ein wenig besser.

Ihr Eindringen auf das Grundstück blieb allerdings nicht lange unentdeckt. Zwei Kinder, Hannah und Tobi, neun und elf Jahre alt, fütterten gerade ihre Kaninchen im Stall, als sie die kleine schwarzweiße Katze entdeckten. Die Geschwister wussten durch den Umgang mit ihren Kaninchen, dass sie das Vertrauen eines Tieres nur gewinnen konnten, wenn sie ganz leise und behutsam auf das Tier zugingen. Und auch dann konnte es sein, dass das Tier die Flucht ergriff.

Aber Nelly war Kinder gewohnt und nach der anstrengenden Wanderung froh, menschliche Stimmen zu hören. „Hallo, wer bist denn du?", fragte Hannah.

„Na komm." Sie schnalzte mehrmals kaum hörbar mit der Zunge und Nelly ging ihr vorsichtig entgegen. Inzwischen hatte sich Hannah auch bedachtsam hingehockt und die kleine Katze verlor endgültig ihre Scheu. Da sie sich inzwischen doch recht einsam fühlte und auch der Hunger immer größer wurde, ließ sie sich von den schmeichelnden Worten bereitwillig anlocken.

Hannah strich leicht über Nellys Kopf. „Arme kleine Katze, wie siehst Du denn aus? Du bist ja ganz dreckig im Gesicht und Kletten hast Du auch im Fell."

Während das Mädchen so beruhigend auf die Katze einsprach, entfernte sich Tobi geistesgegenwärtig und holte einen Transportkorb aus dem Stall, den sie sonst immer benutzten, wenn sie mit den Kaninchen zum Tierarzt fuhren. Schnell noch eine Decke hereingelegt, damit es etwas kuscheliger war. Gleichzeitig informierte er die Mutter über den Gast im Garten und kam mit dieser gemeinsam jetzt langsam zu den beiden zurück. Hannah sah den Transportkorb und begriff. Sie nahm die kleine schwarz-weiße Katze so schnell auf den Arm, dass diese gar nicht wusste, wie ihr geschah.

Nelly fand sich eine Sekunde später im Transportkorb wieder. Verdutzt schaute sie durch die Stäbe des Korbes.
Was war das denn?! Sie drehte und wendete sich, steckte ihre Pfote durch die Gittertür und wurde langsam wütend. „Was sollte denn das jetzt?! Ich will hier wieder raus!", empörte sich Nelly lautstark mit wütendem Maunzen.
Währenddessen beratschlagten die Kinder mit der Mutter, was zu tun sei. Hannah wollte, wie könnte es anders sein, die Katze behalten. Tobi wusste nicht so recht. Er liebte sein Kaninchen und mit Katzen hatte er vorher nicht viel am Hut.
Nelly rüttelte jetzt immer heftiger mit der Pfote an der Gittertür. „Mauuuu." Ein inzwischen nur noch klägliches Maunzen entrang ihrer Kehle. Die Mutter hatte Mitleid mit der kleinen Katze, dachte aber auch an die Tierhaarallergie ihres Mannes und entschied, Nelly ins Tierheim zu bringen.

Hannah traten Tränen in die Augen, denn insgeheim hatte sie gehofft, die niedliche Katze behalten zu dürfen. Sie wusste aber, dass ihr Vater unentwegt Niesen musste, wenn er eine Wohnung betrat, in der Katzen lebten. Deshalb hatte er den Kindern auch nur die Kaninchen als Haustiere erlaubt, die lebten im Sommer draußen in einem vor Feinden geschützten Gehege oder in einem großzügigen Stall, den sie nur „Die Villa" nannten, da er über mehrere Etagen ging und im Winter sogar beheizt war.

Ihre Mutter sah, wie traurig Hannah die Entscheidung machte.

„Aber überleg doch mal, vielleicht wartet ein kleines Mädchen so alt wie Du darauf, seine Katze wieder im Arm halten zu können? Vielleicht hat die Katze einen Chip unter der Haut und ist registriert?", versucht die Mutter, ihre Tochter von der Entscheidung zu überzeugen.

„Wir dürfen der kleinen Katze doch nicht ihr Zuhause verwehren. Sie wird bestimmt schon schmerzlich vermisst." Hannah nickte kräftig mit dem Kopf.

„Außerdem ist es besser, wenn ein Tierarzt sie untersucht. Vielleicht ist die kleine Katze von ihrer langen Reise krank?"

Die Mutter hatte ja Recht und so machten sich alle drei gleich auf den Weg ins Tierheim. Sie hatten Glück: Nachdem sie von unterwegs das Tierheim angerufen hatten, war klar, dass Nelly dort versorgt werden würde.

Schon von weitem wurden sie erwartet, die im Tierheim lebenden Hunde hatten das Auto gehört und ein Gebell angestimmt. Dort angekommen wurde Nelly ganz still, hatte sie im Auto noch gemaunzt und sich immer wieder im Korb herumgedreht – schließlich war ihr bei der Fahrt ganz schwindelig geworden – so bekam sie es jetzt richtig mit der Angst zu tun. Sie erstarrte in der Transportbox und die Pupillen ihrer Augen wurden ganz groß. Alles roch fremd und die Hunde waren soooo laut.

Hannah und Tobi wünschten Marie, so hatten sie die kleine Katze, da sie ja nicht ihren wirklichen Namen kannten auf der Fahrt genannt, viel Glück. „Jetzt wird alles gut, hier hast du es warm und trocken und immer genug zu fressen. Und deine Menschen suchen Dich hier bestimmt als erstes."
Hannah konnte die Tränen trotzdem nicht unterdrücken und wischte schnell mit der Hand über ihre feuchten Augen. Sie wollte nicht, dass die kleine Katze ihren Kummer sah und sich unnötig aufregte.

Katzen sind sehr empfindsame und mitfühlende Tiere, das spürte das kleine Mädchen. Marie sollte durch ihre Traurigkeit nicht noch mehr Angst bekommen oder verunsichert werden.
Nachdem die freundlichen Mitarbeiterinnen des Tierheims Marie in Empfang genommen hatten, lobten sie Hannah und Tobi für ihr umsichtiges Verhalten. Die beiden durften sogar die erst wenige Wochen alten Katzenwelpen, die das

Tierheim derzeit aufzog, streicheln. Die Mitarbeiter versprachen, sich gut um Marie zu kümmern und gaben die Transportbox wieder an die Familie zurück, da sie ja noch für die Kaninchen benötigt wurde.

Die beiden Kinder verabschiedeten sich schnell von der kleinen Katze, die mittlerweile in einem großen Katzenkorb saß und fuhren mit ihrer Mutter wieder nach Hause. Sie konnten es gar nicht abwarten, ihrem Vater von ihren heutigen aufregenden Erlebnissen zu erzählen.

Hannah und Tobi hatten Recht gehabt: Im Tierheim werden die Tiere gut versorgt und betreut. Nur in einem Punkt irrten sich die Kinder, denn Marie wurde nicht vermisst!

Der Alltag auf dem Reiterhof ging weiter, zwar wunderte man sich, dass die kleine schwarz-weiße Katze, die immer mit ihren zwei Geschwistern herumgetollt ist, nicht mehr zu sehen war, aber immer, wenn man sie suchen wollte, kam etwas dazwischen.

Ein Kind fiel vom Pony, der Schmied für die neuen Hufeisen hatte sich im vereinbarten Tag geirrt und dann musste auch noch der Trecker repariert werden. Durch ihre alltäglichen Sorgen vergaßen die Menschen die kleine Katze.

VIER

Nach ihrer Ankunft im Tierheim wurde Nelly – beziehungsweise Marie – vom Tierarzt untersucht. Ihr Fell wurde gesäubert, die Ohren auf Milben durchleuchtet, der Bauch abgetastet und der Zustand der Zähne begutachtet. Auch das Fiebermessen wurde nicht vergessen. Sie war kerngesund, aber leider nicht gechipt und nirgendwo als Haustier registriert.

Trotzdem sollte sie vorsichtshalber die ersten Tage allein in einer geräumigen Box auf der Quarantänestation verbringen, damit sie sich an die neue Umgebung gewöhnen konnte. Das alles war für Nelly schon ziemlich aufregend.

Die vielen Gerüche, die ganzen Geräusche und die verschiedenen Menschen mussten erst einmal verarbeitet werden und da half ganz viel Schlaf. Die nächsten Tage verbrachte sie die meiste Zeit dösend in ihrem kleinen Reich.

Zum Fressen gab es jeden Morgen und jeder Abend leckeres Nassfutter und wenn sie wollte, konnte sie noch zwischendurch ein paar Kräcker kauen.

Nach sieben Tagen wurde es Nelly dann allerdings doch etwas langweilig und sie war neugierig auf die Geschichten der anderen Tierheimbewohner. Sie beschloss, Kontakt zu den Tieren der Nachbarboxen aufzunehmen, die sie bislang ignoriert hatte, da sie zuvor bisweilen noch an ihre Mutter Tinka sowie Max und Shorty – ihre beiden Brüder vom Reiterhof – gedacht hatte und somit zu sehr mit sich selbst beschäftigt war.

Im Quarantänezimmer lebten viele unterschiedliche Katzen, die wie die kleine schwarzweiße Nelly gefunden worden waren und jetzt auf ihre Besitzer warteten.

Ein großer Kater in der Box gleich gegenüber fiel ihr besonders auf. Nicht nur, dass er die halbe Nacht entsetzlich schnarchte, er fauchte auch jeden Besucher und jeden tierischen Neuzugang zur Begrüßung an.

Die Tierpflegerinnen des Tierheimes hatten ihn Smoky genannt und das nicht nur wegen seiner Fellfarbe, die tiefschwarz war. Er tat sich mit seinem erlebten Abenteuer ganz besonders hervor: Der kräftige schwarze Kater war bei seinen nächtlichen Ausflügen auf den Hausdächern der Menschen eines Tages in einen alten, drei Meter tiefen Kaminschacht gestürzt, der am unteren Ende zudem noch zugemauert war. Glücklicherweise hatte er den Sturz abfedern können, allerdings war er dort auf einem halben Quadratmeter Fläche gefangen gewesen, es war stockdunkel und staubig. „Selbstverständlich hatte ich keine Angst", brüstete sich Smoky selbstbewusst, wenn er davon erzählte.

Er sei sogar wieder ein Stückchen den Kamin-schacht hinaufgeklettert. „Schließlich musste es dort ja auch wieder herausgehen", fachsimpelte Smoky. Aber der Schacht war einfach zu tief gewesen und weitete sich mit zunehmender Höhe auch noch auf.

Sein Scharren an der Kaminwand war glücklicherweise allerdings nicht unentdeckt geblieben. Die Bewohnerin der Wohnung, an die dieser Schacht angrenzte, hatte Geräusche gehört und ein jämmerliches Mauzen und Miauen direkt aus der Wand vernommen.

Tief besorgt um den in Not geratenen Smoky hatte sie die Feuerwehr gerufen. Insgeheim war der Kater damals froh über die Hilfe von außen, nur zugeben würde er das nie.

Vor Angst hatte er bei seiner Rettung die Krallen tief in die Handschuhe des Feuerwehrmannes gebohrt, das sollte aber niemand erfahren. Der Feuerwehrmann hatte Smoky durch ein Loch wieder ans Tageslocht befördert, welches extra in die Wand gestemmt werden musste.

Smoky war so etwas wie ein heimlicher Star, sogar die örtliche Zeitung hatte über sein Abenteuer berichtet und ihm gefiel es ganz offensichtlich, so im Mittelpunkt zu stehen.

Nelly hörte Wochen später von anderen tierischen Mitbewohnern, dass sich der Kater während der

Tiervermittlung seine neuen Besitzer und Futtergeber sorgsam aussuchte. Gefiel ihm der Geruch von einem Menschen nicht oder kam eine andere Katze Smoky bei der ersten Begegnung zu nahe, setzte es einen kräftigen und gezielten Pfotenhieb – jedoch nicht zu stark, der kluge Kater achtete peinlichst genau darauf niemanden, ob Mensch oder Tier, ernsthaft zu verletzen. Aber die Botschaft war eindeutig, jeder hielt erst einmal respektvollen Abstand zu dem Kater. Trotzdem blieb er nicht lange im Tierheim und bekam schnell ein tolles neues zu Hause.

In der Nachbarbox saßen Bille und Bono. Das Geschwisterpaar war anfangs völlig verängstigt gewesen. Das war auch kein Wunder, Menschen waren ihnen schließlich gänzlich unbekannt und sie versuchten beide, sich unter ganz vielen Decken zu verstecken.

Frei nach dem Motto: „Sehen wir nichts, so werden wir auch nicht gesehen."

Nelly kannte diese Taktik nur zu gut. Sie war selbst sehr gut darin, ihre Nase ganz tief in ein Kissen zu stecken, um somit jeden Kontakt zur Außenwelt zu vermeiden. Eine Eigenart, die sie auch Jahre später – vornehmlich bei Tierarztbesuchen – anwenden würde.

Bille und Bono waren viel jünger als Nelly, vielleicht gerade einmal zehn Wochen alt, und so viele Katzen auf einmal hatten die beiden noch nie gesehen. Dazu diese großen Menschen.

Nelly versuchte den beiden gut zuzureden, aber die beiden scheuen Katzen zitterten schon vor

Aufregung, sobald sich nur eine Gestalt ihrer Box von außen näherte und begannen ängstlich zu fauchen, wenn eine Hand in ihre Nähe kam. „Grrrrr" ertönte es dann sogar tief aus dem Berg von Decken, die die beiden über sich angehäuft hatten.

Jeden Tag frisches Futter zu bekommen war natürlich nicht schlecht, auch diesen Vorzug hatten Bille und Bono noch nicht kennengelernt. Deshalb sollten die Geschwister zuallererst einmal an Gewicht zunehmen. Die Tierpflegerinnen freuten sich sehr über deren gesunden Appetit, wenn sie morgens die leeren Näpfe aus der Box nahmen.

Die beiden scheuen Katzen ließen sich aber nicht anfassen und die Tierpflegerinnen wussten nur zu gut, dass die jungen Katzen viel Zeit und Ruhe benötigten, bis sie Vertrauen zu den Menschen bekommen würden. Nelly mochte die Geschwister trotzdem sehr und erzählte den beiden, zumeist nachts, wenn im Tierheim alles ruhig war, von ihrem bisherigen Leben auf dem Reiterhof und ihrer Flucht vor Humpelkater.

Sofie, in der Box über Nelly, war eine ganz besonders hübsche Katze. Sie besaß dichtes Fell, das in der Sonne in verschiedenen Grautönen glänzend schimmerte. Nelly bewunderte die Katze sehr, konnte sie doch deren Antlitz in der gegenüberliegenden spiegelnden Fensterscheibe sehen. Dazu hatte sie buschiges Fell an den Ohren, einen wohlgeformten runden Kopf und eine kleine dunkelgraue Nase.

Sofie war für Katzenverhältnisse schon eine etwas ältere Dame. Ihr Alter wurde von den Tierpflegerinnen auf über elf Jahre geschätzt. Sie selbst erwähnte natürlich nicht ihr Alter. Darauf angesprochen, rümpfte sie nur ihr feines Näschen und drehte den Fragestellenden demonstrativ den Rücken zu.

Schnell wurde sie von allen nur „Miss Sofie" genannt. Die hübsche graue Katze lebte vorher die meiste Zeit über in einem Gartengelände. Sie musste ihre bisherige Bleibe verlassen, da das großzügige Gebiet neu bebaut werden sollte und die letzten Schrebergärtner, die sich um die liebe, aber etwas schüchterne Dame gekümmert hatten, sorgten dafür, dass Miss Sofie in das Tierheim einziehen konnte.

Die ältere Dame hatte schon so einiges in ihrem Leben durchgemacht, sodass sie die neue Situation im Tierheim gleichmütig ertrug.

Pepe, ein sehr junger weiß-roter Kater, hatte sich, wie Nelly, bei einem seiner Ausflüge verirrt. Auch er hatte keinen Chip, der geholfen hätte, sein Zuhause zu finden. Doch im Gegensatz zu Nelly hatten Pepes Menschen den Ausreißer auf der Internetseite des Tierheims unter den veröffentlichten Fundtieren gesucht und gefunden. Sie holten den hübschen Kater nach drei Tagen ab, nicht ohne zu versprechen, die längst überfällige Kennzeichnung beim Tierarzt und anschließende Registrierung im Haustierregister vornehmen zu lassen.

Nach vierzehn Tagen zog Nelly in ein neues, wesentlich größeres Katzenzimmer um. Zum Schluss hatte sie sich auch etwas mehr gelangweilt, zumal alle anderen Katzen aus der Quarantänestation bereits umgezogen waren und täglich andere Katzen die Boxen belegten.

Miss Sofie hatte besonders viel Glück. Sie brauchte gar nicht innerhalb des Tierheimes umzuziehen, sondern fand sofort ein neues Zuhause. Eine alleinstehende Dame mittleren Alters hatte sich beim Anblick der grauen Katze sofort verliebt. Und auch Sofie legte ihre stoische Ruhe in Gegenwart der Dame ab. Sie rieb immer wieder ihren Kopf an den vorsichtig streichelnden Händen – eine eindeutige Geste der Zuneigung.

Smoky kam zu den erwachsenen Katzen in das große Katzenhaus und stritt sich gleich als erstes mit einem anderen Kater, den sie alle nur aufgrund seiner Fellfarbe und seines vornehmen Ganges den „roten Baron" nannten. Aber die Sache war schnell geklärt und die beiden Streithähne teilten sich am Ende sogar eine gemütliche flauschige Hängematte.
Bille und Bono hatte Nelly aus den Augen verloren, die beiden hatten eine Erkältung bekommen und waren in das Krankenzimmer verlegt worden.
Zwar hatten sie zuletzt zu Nelly eine ganz besondere Beziehung, da sie die einzige Katze gewesen war, die den beiden Beachtung schenkte, allerdings war Nelly selbst zu aufgeregt, als sie wieder in einen Transportkorb gesetzt wurde,

sodass keine Zeit blieb, sich weitere Gedanken um das Geschwisterpaar zu machen.

Ihr kleines Herz klopfte schnell, sie wurde über einen Innenhof getragen und in ein helles Gebäude verlegt. Dort angekommen wurde der Korb in der Mitte des Raumes abgestellt und „wuuusch", die kleine schwarz-weiße Katze sauste wie ein geölter Blitz unter das nächstgelegene Regal, kaum dass sich die Tür der Transportbox geöffnet hatte.
„Na, da hat es jemand aber sehr eilig", schmunzelte Ben, der Tierpfleger, der Nelly in ihr neues Reich transportiert hatte.

Das neue Katzenzimmer war sehr geräumig. Hier hatte jede Katze ein eigenes Körbchen, es gab kuschelige Höhlen, in denen man sich wunderbar verstecken konnte und mehrere Klettertürme, dazu zahlreiche Kratzbäume in unterschiedlichen Größen. In einem überdachten Außenraum konnten die Katzen in der Sonne liegen und ihre Nasen in den Wind halten.
Nelly zog es allerdings zunächst vor, unter dem Regal zu bleiben. Denn im neuen Raum des Katzenhauses wohnten schon sieben weitere, ihr völlig unbekannte Katzen, darunter drei nur wenige Wochen alte Katzenwelpen. Bijou, Katinka, Jamie und Felix sowie die Welpen Sara, Silas und Sly sollten Nellys Zimmergenossen werden.
Sie alle warteten darauf, dass sich ein Mensch für sie als neuen tierischen Mitbewohner und Freund entschied.

F Ü N F

Als die Tür zum Katzenzimmer wieder geschlossen wurde, lugte Nelly nach einiger Zeit unter dem Regal hervor. Ein weißes Fellknäuel plumpste genau neben ihr auf den Boden. Sie schrak, erkannte aber sofort an den Ohren, die aus dem Knäuel hervortraten, dass es sich ebenfalls um eine Katze handelte.

Zwei vorwitzige Welpen, Silas und Sly, hatten so ungestüm getobt, dass sie alles um sich herum vergaßen und nun neben Nelly auf dem Boden herumkugelten.

Ihr war das dann doch etwas zu viel Trubel und sie sprang mit einem Satz in die nächstgelegene Box, von denen drei oder vier übereinander an der Wand befestigt waren.

„Hey, pass doch auf", wurde sie unvermittelt von Katinka, einer etwas molligeren Katze, die dreifarbiges Fell besaß, angefaucht.

So etwas Blödes, sie landete doch direkt auf einer anderen Katze, die dadurch unsanft aus dem Schlaf geweckt wurde.

Nelly gelang es gerade noch rechtzeitig, sich an der Decke festzukrallen, sonst wäre sie vor Schreck rücklinks auf den Boden gefallen. Jetzt standen sich Katinka und sie Auge in Auge gegenüber und Nelly beeilte sich, in die darüber liegende Box zu klettern.

„Ist ja gut, ich gehe ja schon", murmelte sie und wendete den Blick ab. Sie war erleichtert, dass sie diesmal mehr Glück hatte und ließ sich in der leeren Box mit einem leichten Seufzer in einer Ecke nieder.

Die Tage vergingen, es kamen manchmal sehr viele Besucher, manchmal aber auch nur wenige, irgendwie schien das auch vom Wetter abzuhängen.

War Nelly anfangs noch ganz aufgeregt wegen der vielen neuen Eindrücke, so langweilte sie sich zunehmend. Auch fand Bijou als erste der Zimmerbewohner ein neues Zuhause. Ihr folgten Silas und Sly und auch Katinka zog aus der Katzen-WG aus. In Nelly wuchs allmählich die Enttäuschung, wenn nicht sie, sondern eine andere Katze ein neues Zuhause fand.

Sie wünschte sich nichts sehnlicher, als dass jemand mal wieder so richtig Zeit für sie hatte, sie ausgiebig streichelte und sie sich das Futter mit Niemanden mehr teilen musste.

Die Bewohner des Tierheimes wechselten ständig und Nelly hatte einfach keine Lust mehr, immer wieder ihre Geschichte zu erzählen und sich ihren Schlafplatz aufs Neue zu erkämpfen.

Im Tierheim konnte es zudem passieren, wenn man nicht aufpasste, dass der Napf mit dem allerleckersten Futter von den anderen Bewohnern so schnell aufgefressen wurde, sodass Nelly nicht mal ein klitzekleines Krümelchen davon abbekam und sie sich mit dem zweit- oder drittleckersten Futter begnügen musste.

Manchmal stritt sie sich mit Felix, einem jungen Kater, der sie an ihren Bruder Max erinnerte, aber die Pfotenhiebe zwischen den beiden waren nicht ganz ernst gemeint.

Nelly vermisste ihre Geschwister sehr und die kleine Katze trauerte der vergangenen Zeit ein wenig hinterher. Dann war sie ganz deprimiert, schimpfte mit sich selbst, wie sie sich so hatte verlaufen können und verließ ihre Box nur selten. Auch das Außengehege konnte sie zumeist nicht locken.

Andererseits hatte sie Glück gehabt, dass sie nicht draußen, völlig auf sich allein gestellt, ums Überleben kämpfen musste, auch das wusste sie insgeheim.

Bono, der etwas Mutigere der beiden Geschwister, hatte ihr damals, während ihres gemeinsamen Aufenthaltes in der Quarantänestation, in der einen und anderen Nacht dann doch noch von dem Leben draußen in freier Natur ohne warmen Unterschlupf und mit unregelmäßigem Futter erzählt.

Zwar nur ganz leise, in abgehackten Sätzen, denn Bono wollte seine Schwester Bille nicht noch mehr aufwühlen, da sie ja deswegen ihr linkes Auge verloren und unendliche Schmerzen gehabt hatte. Nelly verstand nicht jedes Wort, aber sie konnte sich, auch aus den Erzählungen der anderen Katzen, die ähnliche Erlebnisse schilderten, so einiges zusammenreimen. Anschließend verstand sie die Furcht der beiden Geschwister viel besser. So war sie letztendlich doch froh über den Aufenthalt im Tierheim.

Eines Tages wachte Nelly mit einem Kribbeln im Bauch auf. Sie hatte die ganze Nacht durchgeschlafen, keine Katze hatte rumort oder versucht, ihr den Schlafplatz streitig zu machen und so fühlte sie sich heute ganz besonders wohl.
Die kleine Katze spürte die gespannte Atmosphäre, die immer über dem Tierheim hing, wenn Vermittlungszeit war. Ihr Zeitgefühl hatte sie nicht getäuscht, sie hörte das Brummen der Automotoren und kurz darauf die Türklingel des Tierheims.
Erst einmal und dann kurz darauf noch ein zweites Mal. Klingeling! Klingelingeling! Das Bellen der auf dem Tierheimgelände ebenfalls untergebrachten Hunde bestätigte ihre Vermutung.
„Besucherzeit!", grölte es aus fast allen Hundezwingern – und jeder Hund schien die anderen mit seinem Gebell übertrumpfen zu wollen.
Nelly lief anfangs in ihrer Box unruhig hin und her. Sie hörte die Stimmen und die Schritte schon von weitem, die sich dem ersten Katzenhaus näherten. Sie wusste aus Erfahrung, dass das nächste

Zimmer beim Rundgang ihre Katzen-WG sein würde.

Sie brauchte auch nicht lange zu warten, denn die Tür öffnete sich schon bald. Jetzt bekam sie doch etwas Panik.

Würde es heute endlich klappen? Würde Nelly heute von jemandem adoptiert werden? Es wäre zu schön, um wahr zu sein!

Ihr Herz machte bei diesem Gedanken einen kleinen Hüpfer, doch sie beschloss, sich vorerst einmal hinzulegen, um vorsichtig aus sicherer Entfernung das Geschehen zu beobachten.

Als erstes erschien ihre Lieblingstierpflegerin Jule, die immer ganz besonders schön hinter den Ohren kraulen konnte. Jule sang jedes Mal, wenn sie den Raum betrat und stellte Nelly häufig extra leckeres Futter direkt in die Box. Ihr folgten eine Frau und ein Mann, die sich neugierig im Raum umschauten. Nelly streckte ihre Nase in die Höhe.

„Hmh, riechen gut die beiden!" Der Geruch der beiden unbekannten Menschen gefiel ihr. Ihre Schwanzspitze zuckte dabei vor Aufregung.

Noch wurde sie von den Menschen nicht gesehen, denn zwei junge Katzen, Tammy und Tara, schossen, sich gegenseitig jagend, unter dem Regalschrank hervor, um auf direktem Wege im Außengehege zu verschwinden.

„Ups, was war denn das?", entfuhr es der Frau und sie wich unvermittelt einen Schritt zurück. Das war Nellys Chance, nicht übersehen zu werden. Alle anderen Katzen waren draußen im Außenbereich. Sie stand in ihrer Box, die auf halber Körpergröße des Mannes war, auf, ging ganz nah an die Hand des Besuchers heran und schnupperte vorsichtig am Ärmel. Sie streckte den Kopf noch weiter hervor, sodass schließlich ihre Nase das Handgelenk des Menschen berührte. Keine Reaktion!

Jetzt stieß sie etwas energischer mit dem Kopf an die Hand.

„Hey Du!", Sie hob die linke Pfote und zupfte mit ihren Krallen ganz leicht am Jackenärmel des Mannes. Endlich wurde sie bemerkt und Nelly musste nicht lange warten, da streichelten die Finger des auserkorenen Menschen sanft über ihren Kopf.

Sie wurde immer aufgeregter und trippelte in ihrer Box von links nach rechts und dann wieder nach links, immer den Kontakt zur Hand suchend. Diese streichelte jetzt über ihr Rückenfell und eine zweite Hand gesellte sich dazu, die sie ebenfalls am Hals kraulte.

„Das ist Marie", hörte Nelly den Namen, den ihr ihre Finder gegeben hatten, und spitzte aufmerksam die Ohren.

„Die ist aber niedlich und so klein, die wächst doch bestimmt noch, oder?", bemerkte die weibliche Besucherin, da sie offensichtlich aufgrund der tobenden Welpen annahm, in einem Katzen-zimmer mit Jungkatzen zu sein.

„Nein, Marie ist schon ausgewachsen. Sie ist ca. zehn Monate alt, allerdings zeigt sie sich hier eher etwas ängstlich. Ich habe sie jedenfalls noch nie außerhalb ihrer Box gesehen", bemerkte Jule.

Die beiden Besucher schienen unschlüssig. Sie hatten jetzt schon so viele Katzen gesehen. Alle Tiere hatten ihren ganz eigenen Charakter, alle waren auf ihre Weise etwas Besonderes, sodass die Entscheidung schwerfiel.

„Wahrscheinlich wird es eine Weile dauern, bis Marie Vertrauen zu Ihnen hat. Katzen mögen zudem keinen Wechsel der Umgebung und brauchen immer eine gewisse Zeit zur Eingewöhnung."

Nun, diesen Eindruck bestätigte die kleine Katze im Moment gar nicht. Sie schmiegte sich jetzt immer mehr an die streichelnden Hände und wäre am liebsten auf den Arm der Frau geklettert.

Die beiden Besucher schauten sich an. Letztendlich hatten sie sich beide sofort in die kleine schwarz-weiße Katze verliebt. Somit schien es beschlossene Sache zu sein, Nelly sollte endlich in ein neues Zuhause umziehen.

Die Formalitäten waren schnell erledigt und ehe sie sich versah, saß sie in einem funkelnagelneuen Transportkorb, den die Frau im Auto samt Inhalt behutsam auf den Schoß abstellte. Die Fahrt sollte nicht lange dauern und die beiden Menschen freuten sich sehr mit der kleinen Katze, das spürte Nelly.

„Wie wollen wir sie nennen?"

„Keine Ahnung, wir kennen sie ja noch gar nicht richtig."

„Du hast Recht, wir warten erst einmal ab, welcher Name zu ihr passen könnte."

Bestürzt stellte die kleine Katze in diesem Moment fest, dass ihr Auszug aus dem Tierheim so schnell erfolgt war, dass sie gar keine Zeit gehabt hatte, noch einmal die Katzentoilette zu benutzen. So war es ihr etwas unangenehm, als ein strenger Geruch den Innenraum des Autos erfüllte. Der bisherige Tag war zu aufregend gewesen und jetzt konnte sie einfach nicht mehr an sich halten.

„Na, du bist ja ein Stinker", sagte die Frau als sie den strengen Geruch, der von Nelly ausging, bemerkte. Und so kam Nelly zu ihrem neuen Namen: Stinker.

SECHS

Die Fahrt dauerte nicht lange. Stinker bemühte sich, einen Blick durch die Gitter der Transportbox nach draußen zu erhaschen. Sie drückte dafür den Kopf fest an den verschlossenen Deckel, die Ohren presste sie dabei ganz flach. Die Landschaft zog schnell vorbei und wurde von gleichmäßigem Motorengeräusch begleitet.

Ihr wurde jetzt ein wenig Übel, sie bewegte sich schließlich rasend schnell fort und dann doch wieder nicht, schließlich saß sie fest in der Box. Was war das, nur? Die Menschen redeten nur leise miteinander.

Manchmal überholten sie größere, aber wesentlich langsamere Autos, so nah war die kleine Katze diesen Blechkisten noch nie gekommen. Endlich wurde die Fahrt gedrosselt und Stinker verlor in einer scharfen Kurve fast das Gleichgewicht.

Sie hatten die Autobahn verlassen, der Lärm nahm deutlich ab und auch die Geschwindigkeit war jetzt erträglich. Trotzdem zog es Stinker vor, sich erst einmal hinzulegen.

Ab und an stoppte das Auto, um nach wenigen Sekunden wieder anzufahren.

„Da hält es doch keine kleine Katze mehr auf den Beinen", seufzte Stinker und hoffte, dass die Reise bald zu Ende gehen würde.

Nach weiteren Minuten ließ sie ein fernes Vogelgezwitscher aufhorchen. Die Fahrt verlangsamte sich zunehmend, bis das Auto stoppte, die Türen öffneten sich und vorsichtig wurde der Katzenkorb nach draußen gehoben. Stinker war sofort hellwach. Es roch nach Blumen und Bäumen, auch ihre Ohren hatten sie nicht getäuscht. Ein ganzer Schwarm Spatzen flog hoch oben geradewegs über sie hinweg.

Hier war also ihr neues Zuhause. Neugierig reckte Stinker ihre kleine rosa Nase empor.

„Hmmh, riecht das gut." Sie nahm den vertrauten Geruch von Wiesen und Feldern war. Doch die Katze sollte vorerst nur einen kleinen Teil ihres neuen Revieres kennenlernen.

Im Haus war schon alles für den neuen Mitbewohner vorbereitet. Ein frisch gefüllter Futternapf, verschiedene Wasserschalen in allen Räumen, zwei verschiedene Katzentoiletten mit kleinen runden Einstreukörnern, Decken und Höhlen unter sowie auf den Schränken und Regalen. All das galt es zu entdecken. Stinker fühlte sich sofort wohl, als die Frau die Tür des Katzenkorbes öffnete und sie hopste ohne Scheu heraus. Die Räume wirkten hell und freundlich. Die Fenster reichten bis zum Boden, sodass die

Katze schon einen Blick auf den schönen Garten erhaschen konnte.

Vorerst schnüffelte Stinker aber an einer der neuen Katzentoiletten. Sie schlich anschließend vorsichtig herum und nahm sich viel Zeit, jede Ecke des Raumes zu erkunden. Die Menschen hatten sie erst einmal alleine gelassen, sodass die Katze sich unbeobachtet fühlte. Schon bald erkundete sie den nächsten Raum, um dann anschließend schnurstracks in die Küche zu laufen, wo Stinker gierig das für sie bereitgestellte Futter fraß.

Die kleine schwarz-weiße Katze schmatzte genüsslich und leckte auch noch den letzten Brocken sorgsam auf. Zwecks anschließender Fellpflege beschloss Stinker, in ihren Ankunftsraum zurückzukehren.

Hoch oben auf dem Regal hatte sie eine verlockend aussehende Höhle ausgemacht und in der Tat war der Wigwam extra dort für das niedliche Fellknäuel als Rückzugsort platziert worden. Nach kurzer Zeit drangen die Geräusche im Haus nur noch wie aus weiter Ferne zu Stinker durch. Die kleine Katze war nach den aufregenden Stunden sofort eingeschlafen.

So bekam sie auch nicht mit, dass in regelmäßigen Abständen neugierig einer der Menschen, jeweils abwechselnd, in den Raum lugte, um nachzuschauen, ob es dem neuen Mitbewohner gut ging.

Am frühen Abend erwachte Stinker durch fremde Geräusche. Was war das?! Wo war sie und wo

waren nur all die anderen Tierheimbewohner?!
Verwirrt schaute Stinker auf. Dann fielen ihr die
Ereignisse der vergangenen Stunden wieder ein.
Wohlig reckte sie ihre Pfoten ganz weit von sich,
dann streckte sie sich mit dem ganzen Körper der
Länge nach, um sich anschließend aufzurichten.

„Rumms", machte es nur, als die kleine Katze mit
einem Satz vom Schrank sprang. Ups, das war ja
doch höher, als sie gedacht hätte. Aber ihr ist zum
Glück nichts passiert.

„Mal sehen, was es sonst noch so alles zu
entdecken gibt", freute sich Stinker über ihr neues
Zuhause.

Glücklicherweise hatte das Haus keine Treppen.
Stinkers Revier erschien ihr somit recht
übersichtlich. Es gab noch drei weitere Räume,
deren Türen aber vorerst verschlossen waren. So
trottete sie als erstes in Richtung der schon
bekannten Küche. Von weitem schlug ihr bereits
ein angenehmer Duft entgegen und ihre Nase sollte
sie nicht täuschen: Der Futternapf war abermals
gut gefüllt. Stinker konnte ihr Glück kaum fassen,
das Futter schmeckte tatsächlich noch ein bisschen
besser als im Tierheim, zumal sie ihren Napf auch
nicht teilen musste.

Erst jetzt nahm sie die Geräusche aus dem
Wohnzimmer wieder wahr, die sie ja ursprünglich
geweckt hatten. Die beiden Menschen, die sie
insgeheim schon Lieblingsmenschen getauft hatte,
saßen auf einem großen Sofa und schauten
gespannt auf einen schwarzen Kasten, wo im
schnellen Wechsel bunte Bilder erschienen. Aus
dieser Richtung kamen auch die Geräusche.

„Fein, da ist ja noch genügend Platz für mich", dachte Stinker und steuerte direkt auf die neuen Lieblingsmenschen zu, sprang mit einem Satz auf das Sofa und setzte sich neben den Mann.

Die beiden Menschen hatten Stinker schon aus den Augenwinkeln beobachtet und waren überrascht.

„So viel also dazu, dass sich Stinker die erste Zeit nicht blicken lässt", sagte der Mann und strich ihr abermals sanft über den Rücken.

„Ich kann es kaum glauben, das hätte ich niemals gedacht!" Staunend blickte die Frau auf Stinker. „Du bist ja ein Racker! Komm mal her, gleich am ersten Abend willst Du schon bei uns sein."

Stinker genoss sofort die kraulenden Hände, auch wenn es hinter den Ohren anfangs etwas kitzelte. Alle drei verbrachten die nächste Stunde gemeinsam beim Fernsehen auf dem Sofa und die schwarz-weiße Katze war sich endgültig sicher: Hier fühlte sie sich zuhause.

Als die Menschen zu Bett gehen wollten, wünschten sie Stinker als erstes eine gute Nacht. Die kleine Katze hatte es sich mittlerweile wieder hoch oben auf dem Regal im Katzen-Wigwam bequem gemacht und blinzelte nur kurz mit den Augen. Sie schlief noch nicht, sondern hatte einen anderen Plan.

Im Haus war nach kurzer Zeit schon alles ruhig und so nutzte Stinker die Gelegenheit, das Schlafzimmer, aus dem nur ein leises Schnarchen drang, zu erkunden.

Amüsiert dachte sie noch an das Gespräch zwischen dem Mann und der Frau, das sie aus ihrer Höhle belauscht hatte. Es ging darum, ob die Tür zum Schlafzimmer geöffnet bleiben oder geschlossen werden sollte.

Die Frau hatte die Tür automatisch zugemacht, wusste sie doch, dass ihr Mann keine Katzenhaare im Bett mochte.

Früher oder später, dessen war sie sicher, würde Stinker das Bett entdecken, es war nur eine Frage der Zeit. Stinker wäre keine richtige Katze, schmunzelte sie insgeheim, wenn dem nicht so wäre.

Doch verwundert musste sie feststellen, dass sich die Meinung von ihrem Mann zu diesem Thema offenbar geändert hatte.

„Was machst Du denn da?", fragte er und machte eigenhändig die Tür wieder auf.

„Dann muss die Tür aber auch immer für Stinker geöffnet bleiben. Mal so und dann wieder so geht nicht. Katzen brauchen auch verlässliche Regeln, alles andere verwirrt sie nur", hielt die Frau dagegen.

„Klar, Stinker gehört doch jetzt zu uns, da kannst Du sie doch nicht ausschließen" war die forsche Antwort.

Tja, dachte die Frau, was so ein Tier doch alles bewirken kann. Ob die Tür wirklich immer für die Katze offenstehen würde, bezweifelte sie letztendlich aber doch, schließlich wusste sie auch, dass Katzen äußerst nachtaktiv sein können.

Stinker war das vorerst egal, sie suchte sich ein bequemes Nachtlager unter dem Bett, steckte ihre Nase ganz tief in ihr Fell und schlief so tief und fest wie ihre neuen Besitzer.

SIEBEN

Am nächsten Morgen strahlte die Sonne durch die bodentiefen Fenster, die Vögel begrüßten den neuen Tag ebenfalls mit lautem Gezwitscher und Stinker war die erste, die schon aufgestanden war. Neugierig schaute sie durch das Fenster im Schlafzimmer. Es gab so viel zu sehen, dass sie gar nicht wusste, wohin sie als erstes blicken sollte. Ein tiefgrüner Rasen, dessen Rand von Büschen und Bäumen gesäumt war, erstreckte sich vor dem Haus. Weiter hinten konnte sie ein Feld, das frisch abgeerntet war, erahnen. Deshalb hatte sie sich also bei ihrer Ankunft gleich so wohl gefühlt.

Der Geruch von Weite, Wiesen und Felder erinnerte sie an ihre ersten Lebenswochen auf dem Reiterhof. Erstaunt stellte Stinker fest, dass diese Erinnerungen inzwischen blasser geworden waren und sie im Augenblick keine Wehmut dabei überkam.

Gemütlich trottete die kleine Katze zum nächsten Fenster. Kaum zu glauben, dass Stinker sich noch keine vierundzwanzig Stunden in ihrem neuen Zuhause befand. Sie bewegte sich im Haus, so als ob sie schon immer da gewesen wäre.

Was sie allerdings nun durch die Fensterscheibe sah, erschreckte sie dann aber doch in der ersten Sekunde.

„Humpelkater", zuckte es blitzartig durch ihren Kopf.

„Dort hinten in der Rabatte, ich habe ihn genau erkannt. Der leicht gekrümmte Rücken und die weiße Schwanzspitze."

Doch so sehr sich Stinker auch bemühte, noch einen Blick zu erhaschen, die schemenhaft katzenartige Gestalt, die sie so sehr an Humpelkater erinnert hatte, blieb vorerst verschwunden.

Inzwischen waren auch ihre Lieblingsmenschen aufgestanden und bereiteten das Frühstück. Wie schon am Vortage kurz nach ihrer Ankunft verschlang Stinker gierig das leckere Futter. Als sie sich zum Putzen des Fells an einen sonnigen Platz zurückzog, nahm sie aus den Augenwinkeln abermals eine Gestalt im Garten war.

Stinker hielt in der Bewegung inne und erstarrte regungslos hinter der Fensterscheibe. Doch zu spät, die Gestalt im Garten verharrte ebenfalls.

Was war denn das?! Eben noch auf dem Weg, um sich einen sonnigen Platz zum Dösen zu suchen, erregte der schwarze Schatten hinter dem Fenster des Nachbarhauses die Aufmerksamkeit von Mika.

Überhaupt nicht ängstlich, schließlich gehörte dieses Grundstück schon seit vielen Jahren zu seinem Revier, machte der große Kater auf der Stelle kehrt, um der Sache auf den Grund zu gehen. „Man kann ja nie wissen, vielleicht will mir da ja jemand mein Revier streitig machen", grummelte der Kater.

Vor einiger Zeit waren die ursprünglichen Bewohner des Hauses, dazu gehörte auch ein eindrucksvoller Hund, ausgezogen und das junge Paar war erst vor kurzem eingezogen.
Mika hatten die beiden aber bisher nicht weiter beachtet. Die beiden Menschen schienen ungefährlich zu sein und störten auch seinen Tagesablauf nicht. Er wollte nur in Ruhe seinen Streifzügen nachgehen, die oftmals schon auf der neuen sonnigen Gartenbank endeten. Sein Tagesgeschäft bestand zumeist aus Faulheit und Neugier oder kurz gesagt: schlafen und fressen.

Nach wenigen Sekunden hatte Mika nun die Terrassentür erreicht und blickte erwartungsvoll durch die Glasscheibe in das geräumige Wohnzimmer des Nachbarhauses. Und richtig, er hatte sich nicht getäuscht, da saß eine kleine schwarz-weiße Katze und schaute ihn mit großen Augen ängstlich an. Mika wusste nicht, wie er reagieren sollte, so sehr erstaunte ihn der Anblick. Vorsichtshalber bauschte er seinen rötlich getigerten Schwanz mit der weißen Spitze zu einer imposanten Bürste auf, ein Gebaren, das jede Katze sofort als Ausdruck von Wut und Empörung erkannte.

Stinker verharrte immer noch regungslos, einerseits war sie ganz froh, dass es sich nicht um Humpelkater handelte, der ihr jetzt so unvermittelt gegenüberstand.
Dessen Fell war nämlich graubraun getigert gewesen und dieser Kater hier besaß rötlich getigertes Fell mit weißen Abzeichen im Brustbereich.
Stinker hatte also vor wenigen Minuten diesen Kater in der Rabatte gesehen. Allerdings trennte die beiden Katzen nur eine Glasscheibe und der aufgebauschte Schwanz des Katers verriet seinen Unmut.
Stinker konnte gar nicht anders, ihr schwarzes Fell sträubte sich automatisch, sodass sie mit einem Mal viel größer aussah. Auch ihr Kopf mit den schwarzen, spitzen Ohren wirkte unglaublich groß und rund.

Plötzlich und unvermittelt sprang die kleine Katze auf, raste mit irrwitziger Geschwindigkeit in den Hauswirtschaftsraum, in dem auch der Wigwam auf dem Schrank stand, und rettete sich mit einem gewagten Sprung auf das nächstbeste Regal.
Mika konnte gar nicht so schnell gucken und lief zum nächsten Fenster, um der flinken Katze von außen zu folgen. Leider hatte Stinker übersehen, dass im Regal Handtücher, einige Behälter mit allerlei Krimskrams und der Korb mit den Wäscheklammern lagerten, sodass alles mit einem

riesigen Gepolter herunterfiel, einschließlich Stinker.

„Hilfe!" Die kleine Katze versuchte noch, sich an den lose zusammengelegten Handtüchern festzukrallen, verlor aber trotzdem den Halt. Auf dem Boden liegend benötigte sie allerdings nur einen kurzen Augenblick, zappelte mit den Beinen, um sich von den Handtüchern zu befreien, rappelte sich auf und verschwand im nächsten Augenblick im Schlafzimmer hinter dem Bett.

„Puh, was für ein Schrecken!" Stinker atmete tief durch.

Den winzigen Spalt zwischen Wand und Bett hatte sie erfreulicherweise schon bei ihren Erkundungsgängen entdeckt und hier war sie hoffentlich in Sicherheit vor roten Katern und lärmenden Dosen.

Ihre Lieblingsmenschen hörten den Radau, schauten besorgt auf das angerichtete Chaos und fanden die kleine Katze erst nach längerer Suche hinter dem Bett.

Sie vergewisserten sich, dass Stinker unverletzt war und ließen sie bis auf Weiteres in Frieden, damit sie sich von der Aufregung erholen konnte. Stinker wagte sich erst nach über einer Stunde aus ihrem Versteck und verschlief den Rest des Tages im Wigwam. Die Dosen und die Handtücher, die auf dem Regal gelagert hatten, waren auf wundersame Weise verschwunden und katzensicher verstaut worden.

Die Tage wurden kürzer und draußen brauste der Wind durch die Büsche und Bäume. Das Laub verfärbte sich von grün auf rot und gelb, bis es unansehnlich braun auf den Boden fiel und durch den Garten wehte.

Stinker genoss die Sofaabende vor dem prasselnden Kamin, die Streicheleinheiten und das Spiel mit den Lieblingsmenschen. Auch gab es durch die bodentiefen Fenster immer etwas im Garten zu entdecken. Mika tauchte immer häufiger vor dem Fenster auf und die beiden Katzen bauschten schon lange nicht mehr ihr Fell .

Irgendwann bedeckte eine weiße Schneedecke alle Wege und Pflanzen. Nachts war es jetzt bitterkalt, sogar der kleine Gartenteich fror zu. Die morgendlichen Spuren im frischen Schnee verrieten die nächtlichen Schleichpfade des roten Katers im Garten, die so manches Mal auch geradewegs über den zugefrorenen Teich führten. Die Lieblingsmenschen hatten des Öfteren versucht, ihre Katze nach draußen an die frische Luft zu locken, aber Stinker dachte gar nicht daran, ihr heimeliges Revier im Haus zu verlassen. Der Wind im Herbst war ihr zu zugig an den Ohren, der leichte Nieselregen zu nass im Fell und der jetzige Schnee zu kalt unter den Pfoten. Stinker schauderte bei dem Gedanken daran und kehrte bei jedem Versuch der Menschen sie hinaus zu locken wieder auf das gemütliche Sofa zurück. *Sicher ist sicher,* dachte sie, denn die Angst, sich bei dieser Witterung zu verlaufen, war zu groß. Und Stinker mochte sich gar nicht ausmalen, welche

Strapazen sie in diesem Fall wieder erwarten würden.

„Nein, nicht noch einmal, da bleibe ich lieber hier drinnen", energisch schüttelte sie den Kopf.

„Du bist ja ein Angsthase" neckten sie die Lieblingsmenschen dann immer liebevoll.

„Na, dann komm mal wieder her! Irgendwann wirst Du schon den Garten erkunden wollen", sagten sie und klopften auffordernd auf den Platz neben sich, auf dem sich Stinker auch bereitwillig niederließ.

A C H T

Als sich in der Natur das erste zarte Grün zeigte, wurde im Haus schon fast feierlich die große Terrassentür geöffnet. Stinker sollte jetzt, nach über vier Monaten, nichtsdestotrotz nun endlich einmal den Garten erkunden.

„Stinkie, na komm, schau mal was ich hier habe", knisternd und raschelnd hielt die Frau ein Leckerli in der Hand und versuchte, die kleine Katze damit zu locken.

Neugierig zuckte daraufhin deren kleine rosafarbene Nase, die Barthaare zitterten leicht vor Aufregung und vorsichtig, Schritt für Schritt, näherte sich Stinker der geöffneten Tür.

Heute schien die Sonne, die Temperaturen lagen bei über zehn Grad Celsius und Wind gab es auch nicht. Optimale Bedingungen also für einen ersten Erkundungsgang durch den Garten.

Zögerlich blieb Stinker einige Zeit im Türrahmen stehen. Das Rascheln der vom Herbst und Winter liegen gebliebenen Blätter erweckte ihre Aufmerksamkeit und ihr Körper wurde vor Anspannung ganz starr. Sie trippelte mit den Hinterpfoten, so als ob ihr Rücken eine Feder wäre, die gespannt wurde, duckte sich leicht nach vorne, ihr Hinterteil streckte sich dabei in die Höhe und ehe sich die Menschen versahen, war Stinker mit einem Satz durch die Tür gesprungen und unter dem nächstgelegenen Busch verschwunden. Aufgeregt zuckend lugte nur die schwarze Schwanzspitze etwas hervor.

Die Deckung einer halbhohen Hecke suchend schlich Stinker Meter um Meter durch ihr Revier, schnüffelte mal hier und duckte sich mal dort, um einem weiteren Geruch ganz lang und flach gestreckt am Boden liegend zu verfolgen. Bis sie schließlich mit einem großen Sprung die Hecke überquerte und im Garten der Nachbarn aus den Augen der Lieblingsmenschen verschwand.

„Mist", hörte Stinker noch die Stimme der Lieblingsfrau, dachte sich aber nichts dabei, da sie just in diesem Moment hoch oben im Pflaumenbaum ein altes Vogelnest entdeckt hatte. Ein paar lose Halme ragten heraus und bewegten sich ganz leicht hin und her.

Für einen kurzen Moment zögerte Stinker, sprang aber beherzt auf den ersten größeren Ast, der in gut 1,20 Meter Höhe wuchs und kletterte fast lautlos Stück für Stück den Baum hinauf. Sie hatte dabei die wiegenden Halme immer im Blick. Den Lieblingsmenschen stockte auf der anderen Grundstückshälfte der Atem.

„Stinker", riefen sie leise und dann etwas eindringlicher. „Stinker, komm sofort zurück!" Aber Stinker hörte sie nicht und hatte nur das alte verlassene Nest im Sinn.

Wer weiß, ob es darin nicht doch noch etwas zu entdecken gab.

Plötzlich knackte der dünne Ast, auf dem sich Stinker gerade abstützte, bedenklich, woraufhin die kleine Katze erschrak und schnell auf den nächsthöheren Zweig sprang.

Je höher sie kletterte, umso dünner wurden die Äste und Stinker rutschte das eine und andere Mal ab, bevor sie richtigen Halt fand.

Die vier Augen ihrer neuen Besitzer, die die Katze aufmerksam verfolgten, weiteten sich bei jedem Knacken des Geästes vor Angst ein bisschen mehr. Jetzt fielen auch noch einige ganz dünne Zweige und Halme auf die Erde. Und ehe die Menschen sich versahen, thronte ihre schwarz-weiße Katze hoch oben in Nachbars Baum in einem Amselnest.

Die alten Grashalme, die zuvor zu Boden gesegelt waren, hatte Stinker schon aus dem Nest gezupft, um mit ihnen zu spielen. Zu allem Überfluss wälzte sich die Katze jetzt noch genüsslich. Ob das Nest das aushalten würde?!

Mit einem Mal rieselten immer mehr Zweige aus dem Baum, bis mit einem kleinen Plumps der Rest des ehemals kunstvollen Gebildes folgte. Das Vogelnest hatte sich unter der Last der Katze quasi aufgelöst und fiel zu Boden.

Stinker gelang es gerade noch rechtzeitig die Krallen ihrer Vorderpfoten in den Ast zu schlagen und baumelte nun wie ein kleiner Affe am Baum.

„Miaauu, Mauuu", entfuhr es ihr vor Schreck.

„Tu doch etwas! Stinker fällt gleich vom Baum!"

„Wir brauchen eine Leiter", schallten die Gesprächsfetzen der Lieblingsmenschen zu Stinker hinauf.

Während auf dem heimatlichen Grundstück geschäftiges Treiben herrschte, die Frau hatte in Windeseile eine Decke aus dem Haus geholt, der Mann hantierte mit einer übergroßen Leiter, schaukelte Stinker etwas mehr am Ast, um sich letztendlich raupenähnlich mit dem Körper um den Ast zu wickeln und so mit allen vier Pfoten wieder Halt fand.

„Puh, das war knapp", befand Stinker, ihr war die Lust auf weitere Abenteuer vergangen und sie machte sie sich auf den Rückweg, halb rutschte sie, halb kletterte sie den Baum hinab. Die letzten annähernd 1,80 Meter zum Boden bewältigte sie mit einem gewaltigen Sprung.

Fassungslos starrten die Menschen, die sich gerade durch das Gebüsch des Nachbargartens gekämpft hatten auf ihre Katze, die nun an ihnen vorbeilief. Auf eine Art und Weise, wie nur Katzen es können, so, als ob nichts gewesen wäre, stolzierte Stinker schnurstracks auf die Terrassentür zu, um sich sofort davor zu setzen und die beiden Menschen klagend anzuschauen.

„Kommt, ihr jetzt endlich? Ich möchte wieder rein. Es reicht für heute!"

Erleichtert wurden die Rettungsutensilien verstaut und überprüft, ob sonstige Schäden, außer einem demolierten Amselnest im fremden Garten verursacht wurden.

Nach diesem Erlebnis beschlossen die Menschen, ein katzengerechtes Sprungtuch zu bauen. Nur für den Fall der Fälle. Und so stand einige Zeit später ein großer mit einem Stoffbezug bespannter Hula-Hup-Reifen griffbereit im Carport der Katzenbesitzer. Stinker liebte mittlerweile ihre Freigänge im Garten, die vorerst meistens in luftiger Höhe endeten. Es gab nichts Schöneres, als sich den Wind um die Nase wehen zu lassen. Auch hatte sie dort den besten Überblick und wie lautete eine alte Katzenweisheit? „Wer am höchsten sitzt, hat die meisten Rechte."

Die kleine schwarz-weiße Katze war sehr erfinderisch, wenn es darum ging, einen Weg nach oben in große Höhen zu entdecken.
Vom Autodach auf das Dach des Carports, vom Carportdach über das Fallrohr auf das Hausdach, vom Hausdach über den Dachfirst auf die andere Dachseite, so saß Stinker das eine oder andere Mal in der Regenrinne und lauschte den Gesprächen der Lieblingsmenschen auf der Terrasse.
Nur die kratzenden Geräusche aus der Dachrinne verrieten ab und an die tollkühne Katze.

Auch die Nachbarschaft reagierte anfänglich ebenso besorgt. Nicht nur einmal klingelte es an der Haustür: „Ihre Katze turnt gerade auf dem Dach herum."

Manchmal blieben Spaziergänger vor dem Haus stehen und zeigten mit dem Finger nach oben, so konnte man sicher sein: Die flauschige Akrobatin war wieder auf dem Dach unterwegs.

NEUN

Stinker lebte sich in ihrem schönen neuen Revier immer besser ein. Mit der wärmenden Frühlingssonne verlor sie ihre Scheu und erkundete den Garten von Tag zu Tag ein bisschen weiter. Auch die sich links und rechts anschließenden Nachbargärten wurden detailliert ausgekundschaftet.

Dabei traf sie auch Mika wieder. Der gutmütige rote Kater lebte schon seit über zehn Jahren in dieser Gegend und freute sich über die Gesellschaft der kleinen Katze. Am Anfang lief Stinker vor dem Kater davon, nicht weit, sondern immer nur ein kleines Stückchen. Denn dann konnte sie Mika aus sicherer Entfernung beobachten.

Mika schien das unbegreiflich. Aber er war immerhin fast doppelt so groß wie die schwarzweiße Katze. Er flößte ihr, jetzt wo sie nicht mehr durch eine Glasscheibe getrennt waren, doch etwas Angst ein. Stinker huschte sobald er auftauchte wie ein schwarz-weißer Blitz zur nächstgelegenen Deckung und verdutzte den Kater mit ihrer Schnelligkeit immer wieder aufs Neue.

Der rote Mika ruhte jedoch oftmals auf der sonnigen Gartenbank und so nutzte Stinker irgendwann die Gelegenheit, sich vorsichtig zu nähern. Sie verlor mit der Zeit ihre Scheu – schließlich roch der gesamte Garten nach dem Kater – und schnupperte neugierig in seine Richtung.

Mika blinzelte eine wenig in die Sonne, sah die schwarze Schwanzspitze vor sich auftauchen und war schlagartig wach. Jetzt gab es kein Entrinnen, zaghaft schob Stinker ihre kleine Nase empor. Mika reckte seine Nase ebenfalls Stinker entgegen und beide begrüßten sich näselnd. Geschafft, das Eis war gebrochen! Von heute an begrüßten sich beide Katzen immer freundlich mit einem kleinen Nasenstupser und Mika teilte freigiebig sein Revier.

Schnell fand Stinker heraus, wo die meisten Mäuse zu finden waren. Vor dem großen Holzstapel im Carport konnte die kleine Katze stundenlang regungslos verharren.

Manchmal fummelte sie mit ihrer kleinen Pfote ganz tief in den Ritzen zwischen den einzelnen Holzscheiten, in der Hoffnung, die eine oder andere Maus aufzuschrecken, wenn es ihr doch mal zu langweilig wurde.

Oftmals hatte sie mit dieser Taktik nicht viel Erfolg, anstelle der erhofften Maus krabbelten dann auf flinken Beinen Spinnen oder Käfer aus dem Spalt hervor.

Leckerbissen, die sich Stinker aber ebenfalls nicht entgehen ließ. Ein Hieb mit der Pfote, die Tatze mit den scharfen Krallen wie eine Hand beim Menschen zusammengeballt, schon war der kleine Snack für Zwischendurch zubereitet.

Des Öfteren war ihre Pfote durch etliche Spinnenweben verklebt, als sie diese aus dem Holzspalt wieder ans Tageslicht zog. Stinker benötigte dann einige Zeit, um sich die Pfote wieder sauber zu lecken. „Brr", machte sie in diesem Moment und schüttelte widerwillig erst die Pfote und dann den Kopf. Fast hätte sie die Mäusejagd für diesen Tag beendet.

Die Spinnenweben hafteten wie Kleister an ihrer Pfote und manchmal bedeckten sogar ganz feine Fäden ihre Nase.

„Hatschi!" Stinker nieste einmal kräftig. Ein zweites „Hatschi" folgte, die Spinnenweben kitzelten aber auch zu stark an ihrer Nase.

„Gesundheit", sagte eine hohe fiepsende Stimme zu ihr und ehe sich Stinker versah, war die kleine freche Maus, die eben noch mit einem schelmischen Grinsen im Gesicht zwischen den Scheiten hervorlugte, wieder im Holzstapel verschwunden.

Anderentags saß Stinker vor einer kleinen Öffnung in der Schuppenwand des Gartenhauses, die scheinbar einer ganzen Mäusefamilie als Ein- und Ausgang diente. Stinker fing daher in kürzester

Zeit die halbe Mäuseschar und präsentierte ihren Fang stolz der Lieblingsfrau, indem sie alle toten Mäuse direkt vor der Terrassentür aufreihte.

Hach, dachte Stinker selbstbewusst, *das soll mir mal einer nachmachen* und schaute erwartungsvoll durch die gläserne Tür, ob ihre bedeutende Tat auch entdeckt werden würde.

Die Frau wusste, dass sie in diesem Augenblick nicht mit Stinker schimpfen durfte, sondern diese ein großes Lob erwartete. Die kleine Katze zeigte auf diese, für Menschen zwar unverständliche Weise, wie gerne sie mit den Lieblingsmenschen zusammenwohnte.

Stinker wollte deshalb einfach etwas zur Lebenshaltung beitragen.

„Super, Stinker, das hast du klasse gemacht!", sagte die Frau dann auch sofort, während sie sich zu der kleinen Katze herunterbeugte und ihr sanft den Kopf streichelte.

Während die geschickte Jägerin beflügelt der lobenden Worte dann erhobenen Hauptes zurück zum Gartenhaus trippelte, beseitigte einer der Lieblingsmenschen den erlegten Fang schnell und ohne dass Stinker etwas bemerkte.

Hinter dem Haus befand sich als Abtrennung zum Feld ein dichter Knick. Ein Gebiet, das Stinker etwas Furcht einflößte und das sie äußerst vorsichtig betrat, erinnerte sie doch das große weite Feld an ihr vergangenes Abenteuer, das sie zwar zugegebenermaßen letztendlich in ihr neues

Zuhause gebracht, aber Stinker auch einiges Herzklopfen bereitet hatte.

Hier wimmelte es nur so von kleinen Tieren und Stinker ergatterte sogar eine junge Ringelnatter, die ihr am Ende aber doch nicht so ganz geheuer war.

„Hey", züngelte die Schlange, als sie urplötzlich durch einige gezielt platzierte Tatzenhiebe durch die Luft flog.

„Was soll das? Spinnst Du denn, mich so zu erschrecken?!", zischte die Natter missgelaunt. Stinker hatte sich unbemerkt angeschlichen und um zu testen, ob das sich über den Boden schlängelnde Etwas gefährlich sein könnte, warf sie es zuerst einmal in die Luft, um sich gleichzeitig mit einem großen Sprung in Sicherheit zu bringen. Benommen kam die Ringelnatter wieder zu sich und schimpfte weiter mit Stinker.

„Eine Frechheit ist das, kannst Du nicht woanders spielen? Lass mich gefälligst in Ruhe!", zischte die Schlange jetzt schon recht ungehalten. Stinker erschrak und da sie das dünne Ding sowieso nicht richtig zwischen die Pfoten bekam, sprang sie aus Furcht vor dem unbekannten Tier in einem letzten schnellen Satz über die sich inzwischen wieder am Boden schlängelnde Ringelnatter.

Den Maulwurf, der plötzlich aus einem riesigen Berg Erde vor ihr aus dem Boden lugte, verschonte sie ebenfalls, raschelte es doch auf der gegen-überliegenden Seite, dort hinten, nur wenige Meter weiter im Gebüsch, verdächtig nach Maus! Langsam ging der Sommer zu Ende und Stinker war schon fast ein Jahr bei ihrer neuen Familie, als eines Tages die Transportbox mitten im Wohnzimmer stand. Die hatte Stinker völlig aus ihren Gedanken verdrängt und sie ahnte nichts Gutes, als sie den Korb sah, mit dem sie schon einmal eine Reise unternommen hatte.

Vorsichtshalber machte sie in den nächsten Tagen einen großen Bogen um den Korb, dessen seitliche Tür weit geöffnet war. Auch die Leckerlis, die großzügig auf dem in der Box liegenden Kissen verteilt waren, konnten sie nicht locken, obwohl das kleine Näschen sofort erkannt hatte, dass es sich bei dem verführerischen Duft der kleinen Köstlichkeiten um ihre Lieblingsorte handelte.

Was die kleine Katze nicht ahnte: In den nächsten Tagen war ein Termin beim Tierarzt vereinbart worden, um die jährlich notwendigen Impfungen durchzuführen.

Außerdem sollten ihre Ohren sowie das Gebiss der regelmäßigen Kontrolle unterzogen werden.

Aus diesem Grunde stand der Katzenkorb schon Tage vor dem Ereignis bereit. Stinker sollte ihre Angst vor diesem verlieren und den Transportkorb als etwas „Normales" ansehen.

Doch kein gutes Zureden und auch kein Locken konnte die kleine schwarz-weiße Katze dazu bewegen, freiwillig eine Pfote in die Box zu setzen.

ZEHN

Die Menschen hatten schließlich erkannt, dass Stinker zu großen Respekt vor der Transportbox und den damit verbundenen Erlebnissen hatte, sodass sie nur die Möglichkeit sahen, Stinker zu überrumpeln und ihre Müdigkeit am späten Vormittag ausnutzten.

Mit einem energischen Griff wurde die Katzendame gepackt und in Sekundenschnelle in den nun oben geöffneten Korb gesetzt.

Schnell noch die Gitterklappe verriegelt und verdutzt schaute eine völlig in sich zusammengekauerte, jetzt noch viel kleiner erscheinende schwarz-weiße Katze durch die Gitterstäbe des Transportkorbes.

Die Pupillen ihrer Katzenaugen verrieten ihre Anspannung und weiteten sich angstvoll. Sie wurden noch größer, als der Korb angehoben und zum Auto getragen wurde. Glücklicherweise dauerte die Fahrt nur wenige Minuten, trotzdem zitterte Stinker inzwischen am ganzen Körper und ein klägliches Maunzen entrang ihrer Kehle.

„Mauuu, Miauu, Mauuu", versuchte sie im Auto die Aufmerksamkeit der Menschen zu gewinnen.

Den Kopf wiederum fest gegen die Tür gedrückt, die schwarzen Ohren seitlich flach an den Kopf gelegt, ein hilfloser Blick, doch es half nichts, die Lieblingsmenschen beachteten sie einfach nicht.

Beim Tierarzt angekommen, mussten sie nicht lange warten. Stinker war schon die nächste Patientin.

Wollte sie ursprünglich partout nicht freiwillig in die Transportbox, so verkroch sie sich nun in den hintersten Winkel der Box und steckte ihr flauschiges Köpfchen ganz tief in das Kissen.

Selbst die Ohren waren nicht mehr zu erkennen.

„Vielleicht übersehen sie mich ja", dachte Stinker, „wenn ich mich ganz klein mache. Ja, außerdem sehe ich ja jetzt auch niemanden mehr", redete sie sich ein.

Es half nichts, die Transportbox musste komplett auseinander gebaut werden, bevor der Tierarzt mit den Untersuchungen beginnen konnte. Die kleine Katze kauerte auf dem Behandlungstisch und ertrug die Prozedur klaglos.

„Jetzt noch ein kleiner Piks und dann hast Du es geschafft." Stinker zuckte im selben Moment zusammen.

„Aua, was war denn das nun wieder?", schaute sie fragend um sich. Aber sie hatte die Behandlung tapfer überstanden.

Stinker war kerngesund und nach der Impfung huschte sie sogar freiwillig wieder in den Katzenkorb hinein.

„Bloß schnell weg hier." Die vielen fremden Gerüche in der Arztpraxis hatten Stinker verunsichert und sie wollte so schnell es geht wieder nach Hause.

Die Rückfahrt kam ihr jetzt viel kürzer vor und Zuhause angekommen lief sie als erstes durch alle Räume. Alles war unverändert und erleichtert wandte sie sich dem Schlafzimmer zu. Sie legte sich unverzüglich in das kuschelige Bett, welches immer so gut nach ihren Lieblingsmenschen roch, um sich von den Strapazen des Tierarztbesuches zu erholen.

Das Bett hatte Stinker schon nach nicht allzu langer Zeit im neuen Zuhause erobert. Und so sollte die Frau Recht behalten: Stinker war eine echte Katze. Keine vier Wochen dauerte es, bis sie die Nächte erst am Fußende und dann auf dem Kopfkissen verbrachte.

Stinker wusste das warme Kissen zu schätzen und sie genoss es, sich entspannt der Länge nach auf den Rücken zu legen und alle vier Pfoten ganz weit von sich zu strecken.

Überhaupt war das Schlafzimmer ein Abenteuerplatz sondergleichen. Hier suchten die Menschen die kleine Katze am häufigsten und am längsten.

Wie war es der kleinen Katze bloß möglich in diesem Raum immer wieder aufs Neue zu verschwinden?

Neben der Gelegenheit, sich unter und hinter dem Bett zu verstecken, gab es noch eine Kommode mit geräumigen Schubladen und zwei große Kleiderschränke, die jeweils mit Schiebetüren ausgestattet waren. Hinter den Türen verbargen sich diverse Ablagefächer und Kleiderstangen.

Öffnete sich eine der Schiebetüren, so stand fest, dass allein das Geräusch Stinker anlockte und sie schlüpfte unbemerkt in den Schrank. Am liebsten lag sie hinter den Bergen mit den Shirts und Pullovern in der ersten und zweiten Etage.

Sowohl die Ablagefächer als auch die übereinander montierten Kleiderstangen übten auf Stinker eine magische Anziehungskraft aus.

„Im Vorratsraum ist sie nicht."

„Schreibtischfach ist auch leer." „Ich mach mal die Bürotür zu, hier hat sie sich definitiv nicht versteckt."

„Im Bad ist sie auch nicht", während der Klodeckel schepperte.

„Unter dem Bett sitzt sie ebenfalls nicht."

„Stinker?!"

„Wigwam ist leer!"

„Garderobenschrank leer."

„Der war doch heute noch gar nicht auf?!"

„Hast Du schon im Wohnzimmer nachgeschaut?"

„Keine Stinker auf der Heizung oder unter dem Buffet", schallten die Unterhaltungen der Lieblingsmenschen regelmäßig durchs Haus.

„Wo kann sie bloß stecken? Oder ist sie mit nach draußen geflitzt?"

„Nee, kann nicht sein, hätte ich mitbekommen."

„War der Kleiderschrank auf?"

„Habe ich schon kontrolliert, nichts."

Im selben Augenblick drang ein leises Klimpern aus dem Kleiderschrank.

„Ich schau trotzdem mal nach."

Und richtig, auf der obersten Kleiderstange balancierte Stinker über die frisch gebügelten Hemden und schaute fragend auf die Lieblingsmenschen herab.

„Ist was? Wird aber auch Zeit, dass die Tür wieder aufgeht, kann hier ja nicht Ewigkeiten auf und ab spazieren!" stellte sie miauend fest und sprang mit einem Satz aus dem Schrank heraus.

Irgendwie schaffte es die kleine Katze immer wieder, spurlos zu verschwinden und sich während der Suchaktion, die im Haus eine ganze Weile dauern konnte, mucksmäuschenstill zu verhalten.

Auch im Drehschrank in der Küche bei den Kochtöpfen und Pfannen wurde sie so manches Mal gefunden.

Zu Stinkers Missfallen war ihr auserkorener Lieblingsplatz im Kleiderschrank häufig nicht für sie zugängig.

Also beschloss sie eines Nachts, die Schwebetüren eigenhändig zu bewegen, schließlich hatte sie ja oft genug beobachtet, wie die Menschen die Türen mit einem Ruck öffneten.

Mit ihren Vorderpfoten und ihrem ganzen Gewicht stemmte sie sich gegen den Widerstand der schweren Glasplatte. Millimeter für Millimeter bewegte sich der Mechanismus, bis der Gegendruck vollständig überwunden war und die schwere Tür wie von Geisterhand zur Seite schwebte. In derselben Sekunde ging das Licht an. Die Lieblingsmenschen saßen aufrecht im Bett.

„Was war das?!"

„Ich glaube die Katze hat die Tür vom Schrank aufgeschoben!"

„Quatsch, die Tür ist doch viel zu schwer" antwortete der Mann und stand bereits vor dem Schrank, um ihn vollständig zu öffnen.

Tatsächlich, nur noch das schwarze Hinterteil war von Stinker zu sehen, die sich gerade anschickte, hinter den T-Shirts zu verschwinden.

„Scheinbar nicht", antwortete die Frau spöttisch und löschte das Licht.

Aus dem Kleiderschrank war jetzt nur noch ein leises Rascheln zu vernehmen, ganz so als ob diverse Wäschestücke neu platziert wurden. Die Menschen gingen Schlafen und Stinker hatte einen neuen Lieblingsplatz gefunden.

E L F

Den ersten Sommer im großen Garten hatte Stinker sehr genossen. Jetzt war sie schon eine gefühlte Ewigkeit bei ihren Lieblingsmenschen und die kleine Katze hatte jeden Strauch und jeden Baum ausgiebig erkundet. An der einen oder anderen Stelle in der Umgebung hatte sie ein Kratzzeichen angebracht, damit auch jede zufällig vorbeikommende Katze aus der Nachbarschaft sah, dass dieses Revier schon besetzt ist! Mika, der rote Nachbarskater, unterstützte sie dabei sehr. Auch er markierte hier und dort mit seinen scharfen Krallen die Umgebung und sorgte dafür, dass die mit Kratzspuren gekennzeichneten Stellen immer wieder aufs Neue kontrolliert und nachgebessert wurden.

Während der große Kater teilweise noch bis in den späten Abend auf seinen Kontrollgängen patrouillierte, achteten Stinkers Lieblingsmenschen darauf, dass diese vor dem Dunkel-werden wieder im Haus eintraf.

Die kleine schwarz-weiße Katze kannte ihre Abendbrotzeit genau und war auch selbst viel zu ängstlich, als dass sie freiwillig die Nacht draußen verbringen würde. So dauerten ihre Ausflüge in die unmittelbare Umgebung maximal eine Stunde und schon stand sie wieder vor der Terrassentür.

Da das Haus keine Katzenklappe besaß, beschäftigte Stinker Bedienstete, nämlich ihre Lieblingsmenschen, die ihr bereitwillig die Türen öffneten, sobald sie hinaus- und wieder hereinwollte.

Zuweilen konnte dies im Halbstundentakt sein, manches Mal, wenn Stinker sich besonders langweilte und drinnen wie draußen nichts Aufregendes passierte, stand sie aber auch alle fünf Minuten mit vorwurfsvollen Blick und einem leisen Maunzen vor der Tür.

Arbeiteten die Menschen im Garten, so war die kleine Katze nicht weit weg und schnupperte immer wieder an der Gartenschaufel, der Laub-harke oder wälzte sich genüsslich in der frisch ausgehobenen Pflanzgrube.

Die Goldfische im großen Gartenteich, denen Stinker anfangs vom Ufer aus noch hinterherjagte, beobachtete sie inzwischen nur noch aufmerksam. Ihr Schatten und die Bewegung auf dem Wasser, wenn ihre Pfote hineinschnellte, warnten die Fische jedes Mal frühzeitig. Trotzdem schaffte es irgendwann ein anderer nächtlicher Gast, einen großen Goldfisch zu fangen. Angewidert wendete sich Stinker ab, als sie am nächsten Tag den halb angefressenen Fisch auf dem Rasen entdeckte, der inzwischen auch schon streng roch.

Ein anderes Mal jedoch erschreckten sich die Teichbewohner und die kleine Katze gleichermaßen.
Es war der Tag, als Stinker den gutmütigen Nachbarskater Mika von einer ganz anderen Seite kennenlernen sollte. Die kleine schwarz-weiße Katze und der rote Kater hatten sich, als sie sich am Vormittag begegneten, wie üblich mit der Nasenspitze beschnuppert und jeder ging seiner Wege.

Mika erschien Stinker immer etwas trottelig und für sein Alter äußerst gemächlich. Sein Gang zeigte im Allgemeinen keine Eile, sein Rücken wölbte sich leicht gekrümmt nach oben und sein kleiner Bauchansatz an dem vorwitzig das weiße Fell besonders flauschig herunterhing, schaukelte leicht bei jedem Schritt und Tritt hin und her.
Ein kleiner Riss in seinem linken Ohr verriet zudem, dass Mika in seinem Leben schon so manchen Kampf zu bestehen hatte. Nicht umsonst traute sich fast keine Katze aus einem Umkreis von 100 Metern in sein Revier. Er war der unbestrittene Chef im Viertel, aber die kleine Nachbarskatze mochte der eigenwillige Kater mittlerweile sehr gern. Ihr Einzug in das Nachbarhaus brachte Abwechslung in seinen Alltag und er als

wesentlich älterer Kater fühlte sich ein wenig als Stinkers Beschützer und großer Onkel.

Die schwarz-weiße Katze hatte Respekt vor dem ansehnlichen Kater, kannte aber auch seine Bequemlichkeit. So machte sie sich ab und an einen Spaß daraus, sich unbemerkt anzuschleichen und urplötzlich aus ihrer Deckung heraus, direkt vor seiner Nase an ihm vorbei zu flitzen, um ihn ordentlich zu erschrecken.

Stinker freute sich in diesem Moment über seinen verdutzten Gesichtsausdruck und war schon längst über alle Berge, bevor sich Mika auch nur von seinem Ruheplatz erhoben hatte. Mika war nicht nachtragend, dass er auf diese Weise in seinem Mittagsschlaf gestört wurde, denn wenn sich die beiden Katzen beim nächsten Mal begegneten, war ihr kleiner Spaß längst vergessen.

Auch heute war Stinker zu diesem Schabernack aufgelegt. Doch Mika schien zu ahnen, was die junge Katze vorhatte. *Die Kleine wird langsam zu aufmüpfig,* dachte er. *Der werde ich erstmal zeigen, wer hier das Sagen hat,* und legte sich in seinem Versteck gleichermaßen auf die Lauer nach der kleinen Katze.

Wo hält Mika heute bloß seinen Mittagsschlaf? dachte Stinker, als sie auf leisen Pfoten den dicht bepflanzten Uferstreifen auf der anderen Seite des Teiches erkundete. Ihr Kopf drehte sich langsam nach links und anschließend nach rechts.

Nichts. Das gibt es doch nicht!? wunderte sich Stinker. *Nicht unter dem dichten Strauch und nicht auf der Bank, auch nicht auf dem Gartentisch bei den Lieblingsmenschen.* Mika war heute wie vom Erdboden verschwunden.

Als sie immer noch rätselte, wo sich der rote Kater diesmal aufhalten könnte, ertönte ein tiefes Knurren und Grollen. Blitzartig sprang Mika aus seinem Versteck und jagte in großen Sprüngen auf Stinker zu. Die schwarz-weiße Katze erschrak über das fauchende Etwas, welches ihr den Weg abschnitt. Ihren Freund Mika erkannte sie in dieser Schrecksekunde nicht, ihr schossen instinktiv die Bilder von der Flucht vor Humpelkater wieder durch den Kopf. Stinker drehte sich panisch nach rechts und flüchtete mit drei riesigen Sätzen genau durch den Gartenteich auf die andere rettende Uferseite.

Der kleine Goldfischschwarm im Teich, durch den Stinker sprang, huschte in alle Richtungen auseinander. Ein Fisch sprang vor Schreck sogar aus dem Wasser und zappelte hilflos am Uferrand, so lange, bis er endlich wieder von allein in das rettende Wasser fiel. Glücklicherweise war der Teich an der Stelle, die Stinker durchquerte, nicht allzu tief, trotzdem triefte die kleine Katze vor Nässe, als sie die Terrasse erreichte.

Das Fell klebte am ganzen Körper, die schwarz-weiße Katze wirkte noch kleiner und hastig wollte sie nur noch eins: ab nach drinnen. Dabei übersah sie völlig, dass die Terrassentür gar nicht offen stand und knallte mit ihrem Kopf mit voller Wucht gegen die Glasscheibe.

„Rums!" Völlig benommen, immer noch panisch vor Angst, lief Stinker um das Haus herum. *Bloß weg, nur ganz schnell weg, ab in Sicherheit.* Die Lieblingsmenschen hatte von der Terrasse aus erschrocken die Szenerie beobachtet, aber alles ging viel zu schnell. Erst jetzt kam Bewegung in die beiden. Die Frau lief flugs nach drinnen, öffnete die rückwärtige Tür des Hauses und richtig, keine Sekunde zu früh. Stinker huschte just in diesem Moment an der Frau vorbei und verkroch sich unter dem nächstgelegenen Regal. Nur die kleine Wasserlache, die sich langsam um ihren Unterschlupf bildete, verriet den Aufenthalt der nassen Katze.

Der Übeltäter des ganzen Chaos erstarrte. Das hatte Mika nun doch nicht gewollt. Betroffen machte er sich auf dem Heimweg und verkroch sich dort trübsinnig unter einer Bank.
Hoffentlich hat Stinker sich nicht verletzt!, dachte er insgeheim.
Aber bis auf den Schrecken schien es Stinker gut zu gehen. Sie genoss sogar ein wenig die Aufmerksamkeit, ertrug es, dass sie mit einem Handtuch abgerubbelt wurde, bekam dafür ihr Lieblingsleckerli und hatte erst einmal genug von irgendwelchen Späßen.

Zukünftig würde sie Mika doch lieber etwas vorsichtiger begegnen, hatte der Kater heute doch bewiesen, dass er noch lange nicht zum alten Eisen gehörte und er durchaus mit der Schnelligkeit einer jungen Katze mithalten konnte.

ZWÖLF

Der zweite Winter im neuen Zuhause war für Stinker sehr schneereich. Sie verspürte nur wenig Lust, mit ihren Pfoten im tiefen Schnee zu versinken.

Soll Mika sich doch seinen Bauch kühlen, nein ich bleibe lieber drinnen!, dachte Stinker jedes Mal, wenn sie den roten Nachbarskater aus dem Fenster im Garten durch den Schnee stapfen sah, wobei dessen etwas hängende Bauch durch den tiefen Schnee schleifte.

Tagsüber döste sie die meiste Zeit in der Wintersonne auf dem Sofa. Auch der flache Heizkörper bot eine prima Liegefläche, von der sie gleichzeitig alle Geschehnisse auf der Straße verfolgen konnte, einschließlich der Ankunft der Lieblings-menschen.

Das Geräusch der ankommenden Autos erkannte sie nur zu deutlich und sie ließ sich auch von anderen Motorenlauten nicht irritieren. Vernahm sie die vertrauten Geräusche, war Stinker hellwach und lief den Lieblingsmenschen schon freudig im Flur entgegen, um sich immer und immer wieder an deren Füßen und Beinen zu reiben. Die Katzendame war erst zufrieden, wenn eine Hand ihren Kopf zur Begrüßung kraulte.

Dann trabte sie voraus in die Küche, da sie genau wusste, dass es jetzt etwas Leckeres zu fressen gab. Zumeist folgte anschließend ein kleines Nickerchen im Bett.

Dieser Winterrhythmus der Katzendame am Tage hatte zur Folge, dass Stinker nachts die meiste Zeit hellwach war.

Im Sommer hatte sich die kleine Katze dem Leben der Menschen angepasst. Sie war tagsüber aktiv gewesen, hatte Mäuse gejagt, im Garten umhergetobt oder der Frau im Büro am Computer Gesellschaft geleistet. Erschöpft vom Tag waren Stinker dann am Abend die Augen zugefallen.

Nachts hatte sie im Bett geschlafen, am liebsten quer über das ganze Kopfkissen gestreckt oder sie hatte den Kleiderschrank geöffnet, um ihre Nase tief in die wohlriechenden Shirts zu stecken.

Im Winter langweilte sich Stinker dagegen des Nachts doch von Tag zu Tag mehr.

Es begann damit, dass die kleine Katze beschloss, ihr Spielzeug, das sorgfältig in einer Kiste im Wohnzimmer aufbewahrt wurde, im Schlafzimmer zu verteilen. Nach und nach klemmte sie sich ein Teil zwischen die kleinen Zähne und trottelte voller Besitzerstolz damit zu den Menschen.

„Schaut mal was ich euch mitgebracht habe", schien sie zu sagen. „Wollen wir spielen?"

Nun konnte es vorkommen, dass die Menschen am Morgen auf ein weiches, quietschendes Etwas traten, dadurch erschrocken auf nur noch einem Bein stehend zurücktaumelten oder auf einem kleinen, harten orangefarbenen Ball ausrutschten. Diesen Ball liebte Stinker innig, da er beim Rollen so schön klackerte.

„Klack, Klack, Klack! Rusch." Ein gezielter Schlag mit der Pfote und die runde Kugel schoss mit Schwung durch den Raum, setzte mehrfach mit einem Klack auf den Parkett-Boden auf, prallte an der gegenüberliegenden Wand ab, um erneut mit Schwung und einem Klack, Klack, Klack durch das Schlafzimmer zu trudeln. Dabei wechselte der Ball mehrfach die Richtung und der schwarz-weiße Wirbelwind jagte dem Geräusch polternd und hakenschlagend hinterher. Zumeist griff ein verschlafener Arm in Richtung Ball und konnte ihn vor dem nächsten Schlag rechtzeitig abfangen, um ihn unter dem Kopfkissen katzensicher zu verstecken.

Als diese Spielmöglichkeit zunichte gemacht wurde, stemmte sich Stinker mit aller Macht gegen die Türen des großen Kleiderschrankes. Ein kleiner Ruck und die Tür glitt wie von Geisterhand gerade so weit auf, dass Stinker sich hindurchquetschen konnte.

„Kling, Bling, Kling" machten die aneinanderschlagenden Kleiderbügel, als Stinker über die Kleiderstangen balancierte.

„Stinker, es reicht", murmelten die Menschen, um beim nächsten größeren „Ratsch", das durch abrutschende Krallen auf Hemdstoff verursacht wurde, doch aufzustehen und Stinker aus dem Kleiderschrank zu bugsieren. Schnell noch ein Stuhl davorgestellt und die Nachtruhe sollte wiederhergestellt sein.

Am schlimmsten aber war das markerschütternde Jaulen, das nun in schöner Regelmäßigkeit mitten in der Nacht im Schlafzimmer zu hören war.

Stinker stieß ein hohes „Jaaauuul" aus, erst einmal dann zweimal, dann nocheinmal gefolgt von keuchenden würgenden Geräuschen.

„Krrrh, Krrrrrrh, Grrrrrrh! Jaauuuuuil"

„Krrrgh, Grrgh, wrrrrrggg."

Die Menschen richteten sich beunruhigt im Bett auf, machten Licht und sahen ihre kleine Katze mit heraushängender Zunge würgen.

„Ohje, Stinker hat schon wieder vom Katzengras gefressen." Und um die Katze bei dieser wichtigen Tätigkeit nicht zu unterbrechen, die Katze reinigte nämlich auf diese Art und Weise ihren Magen von Fell, das sie beim Putzen mit aufgenommen hatte, verhielten sich die Menschen ganz ruhig.

Die schwarz-weiße Katze bot dabei allerdings ein jämmerliches Bild. Völlig verstört saß sie auf allen Vieren, den Kopf weit nach vorne gebeugt und würgte und würgte. Endlich spie sie ein kleines verschleimtes Fellknäuel aus. Angewidert wich

Stinker einige Schritte zurück und umkreise die ausgeworfene Schleimspur im großen Bogen.

Sie trottelte anschließend, so als ob nichts gewesen wäre, aus dem Schlafzimmer und zog sich zur weiteren Nachtruhe vorerst auf das Sofa zurück.

„Deine Katze hat wieder gekotzt!", sagte der Mann und somit war klar, wer für das sofortige nächtliche Reinigen des Bodens zuständig war.

Seufzend stand die Frau aus dem Bett auf, ging in die Küche, um die Reinigungstücher zu holen und schaute abschließend noch einmal nach Stinker, die inzwischen eingekuschelt auf dem Sofakissen lag.

Es half also nichts: Wollten die Menschen eine Nacht in Ruhe durchschlafen, musste die Tür zum Schlafzimmer ab und an geschlossen werden.

Stinker machte das nichts aus, sie war des Nachts sowieso im ganzen Haus unterwegs und beobachtete die Geschehnisse im dunklen Garten.

Trotzdem wuchs der Gedanke in den Menschen, dass Stinker sich langweilen könnte und sie sich über einen Katzenkumpel zum Spielen freuen würde.

Mika traf sie ja nur ab und an im Garten und der ältere Kater war lange nicht mehr so verspielt wie Stinker.

„Niemand ist gern allein", sagte die Frau. „Zwei Katzen beschäftigen sich auch ganz anders miteinander, sie lecken sich gegenseitig das Fell und können gemeinsam toben."

Auch bot das Haus ausreichend Platz für eine zweite Katze und so wurde aus den anfänglichen Überlegungen ein fester Plan.

Im Laufe des neuen Jahres sollte ein neuer tierischer Mitbewohner einziehen.

Stinker ahnte nichts von den Gedanken, die sich die Menschen machten und hätte sie vorher gewusst, was in ihrem Leben noch alles passieren würde, sie hätte in dieser Nacht nicht so ruhig auf dem Sofa geschlafen, sondern wäre aufgeregt auf und ab gelaufen.

DREIZEHN

Die Vorbereitungen für den Einzug des neuen Mitbewohners liefen auf Hochtouren. Den Frühling verbrachten die Menschen damit, sich eingehend über die sogenannte Vergesellschaftung zweier Katzen zu informieren. Welches Tier würde der passende Partner für Stinker sein? Katze oder Kater, jünger oder älter als die vorhandene Katze? Je mehr sich die Menschen informierten, desto verwirrter waren sie anfangs. Es gab einfach zu viele verschiedene Meinungen und Ansichten über die Auswahl eines Partnertieres und das Zusammenführen der beiden Katzen.

Eines stand jedoch fest: Der neue Mitbewohner sollte auf alle Fälle wieder aus dem Tierheim adoptiert werden. So viele heimatlose Tiere warteten dort schließlich auf ein Zuhause.

Die Vorgehensweise, zwei Katzen gleich am ersten Tag des gegenseitigen Kennenlernens zusammenzusetzen, schlossen die Menschen nach reiflicher Überlegung aus.

„Stell dir vor, Du kommst nach Hause und Dein Lieblingsplatz auf dem Sofa ist von einem Fremden besetzt!"

„Ich glaube, das würdest Du auch nicht gut finden und entsprechend reagieren", überzeugte die Frau den Mann.

„Stinker ist Fremden gegenüber doch manchmal etwas ängstlich, wir sollten ihr etwas Zeit geben, sich an eine neue Katze zu gewöhnen."

„Ja und der neue Mitbewohner möchte sich wahrscheinlich auch erst einmal in Ruhe einleben", tauschten die Menschen ihre Gedanken aus.

So wunderte sich Stinker eines Tages über eine vergitterte Tür, die anstelle der massiven Holztür im Büro eingesetzt worden war. Der Mann hatte sie ausgemessen, geplant und eigenhändig zusammengebaut.

Nun ja, ist ja eigentlich egal, Hauptsache die Tür ist immer offen und ich kann kommen und gehen, wie ich möchte, dachte Stinker.

Auch standen plötzlich eine weitere Katzentoilette, ein Futternapf sowie eine Wasserschüssel im Büro. Der kleinen Katze kam das alles komisch vor. Sie hatte doch ihren Futterplatz in der Küche und Wasserschalen waren im ganzen Haus verteilt?

Zuletzt wurden noch weitere Regale, Kletterkisten und Kratzbäume montiert, die von ihr sofort neugierig beschnuppert wurden.

Klasse, eine neue Kletterwelt für Regentage!

Natürlich half die Katzendame auch noch beim Aufräumen. Jedes noch so kleine Stückchen Papier wurde erst mit der Nase begutachtet, dann mit der Pfote angestupst und als dann vom Papierschnipsel immer noch keine Gegenwehr kam, wurde dieser einfach in das Maul genommen, nicht ohne sich vorher auf die Seite fallen zu lassen, um sich dann auf den Rücken drehend mitsamt raschelndem Papierschnipsel hin und her zu kullern. Der Papierrest wurde erst nach dieser Bearbeitung mit den Zähnen und den Pfoten in tausend Teile zerlegt.

Die leeren Verpackungskartons der neuen Regale boten zudem tolle Versteckmöglichkeiten und die Katze rollte sich darin behaglich zu einem flauschigen Knäuel zusammen, um im nächsten Moment urplötzlich aus dem Karton zu springen, pfeilschnell einige Meter durch das Zimmer zu sprinten, sich abrupt umzudrehen und mit einem großen Satz wieder in den Karton zu springen. Der Anlauf und die Landung sorgten dafür, dass der Karton samt Inhalt über den glatten Boden schlitterte. „Sieh mal", lachte die Frau, „Stinker hat eine neue Beschäftigung entdeckt."

„So eine verrückte Nudel!"

Am nächsten Tag war es soweit. Die beiden Menschen stiegen die kleine klappbare Bodentreppe herauf und holten vom Dachboden den Transportkorb abermals herunter. Stinker bekam einen Riesenschreck.

Nicht schon wieder, dachte die kleine Katze an ihren letzten Tierarztbesuch und verkroch sich schnell unter dem Sofa.

„Keine Angst Stinkie", beruhigte die Frau die Katze, „der ist diesmal nicht für dich, wir suchen einen neuen Mitbewohner und Katzenfreund für Dich und fahren jetzt zum Tierheim."

Im Tierheim angekommen, erklang das gewohnte Bild. Die Hunde bellten zur Begrüßung. Jule, die Tierpflegerin von damals, öffnete nach dem Klingeln die Tür. Die beiden Menschen schilderten ihr Anliegen.

„Wir suchen für unsere etwa dreijährige Katze einen Partner, allerdings ist Stinker recht klein und zierlich gewachsen und vom Verhalten teilweise auch etwas ängstlich. Sie wiegt jetzt drei Kilogramm", sagte die Frau und verdeutlichte damit die Körpergröße von Stinker.

„Eventuell erinnern Sie sich an Stinker? Bei ihnen im Tierheim wurde sie noch Marie genannt", ergänzte der Mann.

„Ach natürlich, Marie, die kleine schwarz-weiße Katze. Das ist ja schön, dass sie noch einmal gekommen sind", freute sich Jule.

„Ja, Marie hat sich prächtig entwickelt und sehr gut eingelebt, aber nun denken wir, dass ein Katzenkumpel artgerechter ist", wurde das Gespräch weitergeführt.

„Wir fürchten, dass ihr manchmal etwas langweilig ist."

„Hmm, ich denke sie sollten es mit einem Kater versuchen", schlug die Tierpflegerin vor. „Eine

Garantie, dass sich die Katzen verstehen, gibt es nicht, aber eine weitere Katze verteidigt eventuell ihr Revier aggressiver als ein kastrierter Kater."

„Letztendlich sollten die Tiere aber auf alle Fälle langsam aneinander gewöhnt werden."

„Siehst Du", sagte die Frau zu ihrem Mann, „Jule ist der gleichen Meinung."

„Ist doch schon alles vorbereitet, der neue Mitbewohner bekommt erstmal ein eigenes Zimmer, die Bürotür haben wir ausgehängt, den Raum zum Katzenzimmer umgebaut und eine mit Maschendraht bespannte Tür eingesetzt."

„Perfekt! Dann fehlt ja nur noch der richtige Katzenkumpel."

Mit diesen Worten betraten die Menschen ein Katzenhaus, in dem gleich einige Bewohner um die Beine der Besucher strichen. Andere Katzen saßen scheu auf den höchsten Balken unter der Decke und beäugten die kleine Gruppe misstrauisch.

„Wir haben hier eine gemischte Gruppe, einige der Tiere sind recht zutraulich und verschmust, andere sind noch nicht an Menschen gewöhnt und lassen sich nicht anfassen."

Der Frau fiel ein junger Kater auf, der ein spitzes, fast dreieckiges Gesicht hatte und die Besucher in einigem Abstand umkreiste. Er schien einerseits recht ängstlich zu sein, aber äußerst neugierig.

„Das ist Meeko", sagte Jule, die den Blick bemerkte. „Er gehört zu den wild geborenen Tieren, die auf alle Fälle eine längere Zeit zur Eingewöhnung benötigen und sollte unbedingt später Freigang nach draußen bekommen."

Eine wild geborene Katze lässt sich nur schwer in der Wohnung halten und würde ihre überschüssige Energie, die Lebensfreude und den Jagdtrieb an der Wohnungseinrichtung abarbeiten, das wussten die Menschen.

„Er ist hier in der Gruppe gut sozialisiert, zeigt gegenüber anderen Katzen kein aggressives Verhalten und ist durchaus geeignet als Zweitkatze", erläuterte Jule weiter und verließ den Raum fürs erste, damit das Pärchen eine Zeit allein mit den zu vermittelnden Katzen sein konnte.

Die Menschen warfen dem Kater ein paar Leckerlis zu, dies lockte natürlich auch alle anderen Katzen auf den Plan und jede Einzelne bekam ihren Anteil an den besonderen Leckerbissen.

Die beiden Menschen verbrachten noch fast eine Stunde im Katzenhaus. Sie beobachten die einzelnen Tiere und stellten fest, dass Meeko wirklich sehr verträglich mit anderen Katzen war. Zudem machte seine äußere Erscheinung gute Laune.

Die spitze Gesichtsform mit den aufgeweckten Augen verlieh ihm einen schelmischen Ausdruck. Sein braunes Fell mit breiten schwarzen Streifen und Tupfern unterstrich die ursprüngliche Abstammung der Hauskatze von einer wilden Form der Katze. Dazu besaß Meeko weiße Pfoten und eine rosafarbene Nase, sein Kinn und seinen Bauch umrahmten ebenfalls weißes Fell.

Stinkers Lieblingsmenschen wussten, dass wild geborene Katzen es immer besonders schwer hatten, ein neues Zuhause zu finden und meistens eine längere Zeit im Tierheim verbrachten als andere Katzen. Sehr viele Menschen wünschten sich eine schon handzahme Katze oder wollten möglichst wenig Arbeit mit dem Tier haben. Das Vertrauen zum Tier muss zumeist erarbeitet werden und macht die Eingewöhnung zeitaufwendig.

Denn die Eingewöhnung musste bei Meeko mit viel Ruhe, Geduld und Einfühlungsvermögen erfolgen, dessen waren sie sich sicher.

Meeko sollte aber trotzdem noch heute umziehen. Jule musste den scheuen Kater mit einem Netz einfangen und verursachte mit dem großen Kescher erhebliche Unruhe bei den anderen Katzen. Schließlich gelang es ihr aber endlich und der Kater saß abreisebereit in der Transportbox. Die Formalitäten waren schnell erledigt und die Menschen verließen das Tierheim abermals mit der nun wesentlich schwereren Transportbox.

Kein Ton kam während der Autofahrt aus der Box, Meeko duckte sich mit groß geweiteten Augen ängstlich in einer Ecke.

VIERZEHN

Im neuen Zuhause überprüfte der Mann den Aufenthaltsort von Stinker. Als er sah, dass diese es sich im Schlafzimmer im Bett gemütlich gemacht hatte, schloss er schnell die Tür. Der neue Mitbewohner sollte vorerst noch nicht von ihr entdeckt werden. Meeko zog in das katzengerecht möblierte Büro ein, das jetzt mit der Gittertür verschlossen wurde. So konnte der Kater alles im Haus sehen und riechen und Stinker konnte ebenfalls schon den neuen Geruch in ihrem Revier aufnehmen.

Der Kater verschwand sofort in einer weich gepolsterten Box, die im Regal stand und ließ sich die ersten beiden Tage nicht blicken.

Die Menschen schauten immer wieder vorsichtig nach, aber keine Ohren und auch keine Schwanzspitze des scheuen Katers waren zu sehen.

Der bisherige Name des Katers, „Meeko", gefiel den Menschen gut. Allerdings befürchteten sie, die große Namensähnlichkeit mit dem Nachbarskater Mika könnte zu Verwechselungen führen, sodass sie den jungen Kater „Socke" tauften. Das klang lustig und der Name passte sehr gut zu dem Eindruck des fröhlichen Katers, den sie von ihm im Tierheim bekommen hatten.

Das jeden Tag frisch erneuerte Futter blieb die ersten beiden Tage völlig unberührt. Die Menschen begannen sich schon Sorgen zu machen, als am nächsten Tag der Napf leer war.

Endlich, Socke hatte nachts, als alles im Hause ruhig war, gefressen. Auch traute er sich langsam aus der Höhle, die er am ersten Tag eigenständig bezogen hatte, um die neue Umgebung zu erkunden. Die benutzte Katzentoilette, die umgestoßenen Gegenstände und das umplatzierte Spielzeug verrieten die nächtlichen Streifzüge des Katers durch das Zimmer.

Das Ganze blieb natürlich von Stinker nicht unentdeckt. Sie hatte sich schon über den verschlossenen Zugang zum Büro gewundert, schließlich lag sie tagsüber mit Vorliebe bei der Frau, die am Computer saß. Da sie aber das ganze restliche Haus für sich hatte, die Lieblingsfrau sie besonders verwöhnte und sie tagsüber sowieso im Garten rumstromerte, war es ihr nicht so wichtig erschienen, der Sache weiter auf den Grund zu gehen.

Allerdings roch es auf einmal schon etwas komisch im Haus?! Der Geruch wurde von Tag zu Tag immer stärker und nachts polterte es verdächtig aus dem Büro.

Kein Zweifel, da war jemand in ihrem Revier!

Stinker blieb bei ihren Rundgängen immer häufiger vor der Gittertür des Büros stehen, konnte aber anfangs, so sehr sie sich auch anstrengte, nichts Ungewöhnliches entdecken, geschweige denn orten, woher der fremde Geruch genau kam. Vorsichtshalber machte sie aber nun einen größeren Bogen um die Tür. So ganz geheuer war ihr die ganze Geschichte nicht.

Da Socke von Tag zu Tag immer mutiger wurde und auch öfters vor der feinmaschigen Tür saß, um zu schauen, was es im Flur so zu entdecken gab, war eine Begegnung der beiden Katzen nur noch eine Frage der Zeit.

Stinker blieb abrupt stehen, als sie den Kater das erste Mal sah.

Von dort kam also der eigentümliche Duft!

Jetzt hatte auch Socke die kleine schwarz-weiße Katze entdeckt und er jaulte vor Freude über den Artgenossen.

„Jaauui, Juui, Jaaauuu."

Stinker schien nicht begeistert und brachte sich hinter der nächsten Wand in Sicherheit, allerdings nicht ohne doch noch einen Blick zurück zu werfen.

Socke war jetzt außer sich vor Glück, er hatte seine Gefährten aus dem Tierheim schon vermisst und nun war er doch nicht ganz allein in dem Haus. Der junge Kater sprang die Tür empor und versuchte am Maschendraht hinaufzuklettern. Das Netz bot dann doch zu wenig Halt und er sprang polternd wieder herab. Stinker suchte im Wohnzimmer Deckung, unter dem Sofa und kam erst wieder hervor, als das Gepolter nachließ.

Was war denn das?! Klingt wie ein Hund und benimmt sich wie eine Katze! Stinker war total verwirrt.

Doch von nun an sahen sich die beiden Katzen täglich durch die vergitterte Tür.

Stinkers anfängliche Neugierde war allerdings vorerst erloschen und nachdem sie den neuen Mitbewohner entdeckt hatte, lief sie zumeist hastig an der Tür vorbei.

Die Frau kümmerte sich jeden Tag um Socke, um dessen Vertrauen zu gewinnen. Sie legte sich ganz still auf den Boden und sprach leise zu ihm. Nach und nach kam der Kater immer näher und schnüffelte zaghaft erst an den menschlichen Füßen, dann an den Händen. Allerdings sorgte anfangs bereits eine klitzekleine Bewegung dafür, dass Socke sich immer wieder in seiner Höhle im Regal versteckte.

Nach einer Woche wurde die Bürotür vor den Augen der Katzendame geöffnet. Der neue Mitbewohner kam Stinker freudig entgegen und beide beschnüffelten sich ganz leicht an der Nase. Stinker fühlte sich dabei aber nicht ganz wohl in ihrer Haut, sie versteckte sich anschließend sofort unter einer Kommode und zog es vor, den Kater aus einiger Entfernung zu beobachten. Socke erkundete derweil interessiert und aufgeregt die restlichen Räume des Hauses.

Alles roch so gut und dann standen für den ewig hungrigen Kater auch noch weitere Futternäpfe in der Küche.

Stinker war empört: *Was bildet der sich ein, aus meinen Näpfen zu fressen? Pfui, da stecke ich meine Nase bestimmt nicht mehr rein!*

Aber Socke kannte es nicht anders, als das Futter zu teilen und verstand die Reaktion von Stinker überhaupt nicht. Neugierig näherte er sich der Katze, aber Stinker kroch noch tiefer unter die Kommode und nur ein leises Knurren verriet ihren Aufenthaltsort.

Die Nächte verbrachte Socke noch in seinem Zimmer. Die kleine schwarz-weiße Katze fühlte sich auf diese Weise sicherer und schlief weiterhin bei den Menschen im Bett. Schließlich hatte sie ja auch die Rechte der Älteren im Haus und sollte auf ihren nächtlichen Ausflügen nicht von Socke überrascht werden.

Allerdings jaulte der Kater anfangs in den ersten Minuten jedes Mal herzzerreißend, wenn sich die Tür hinter ihm schloss. Er wollte hier nicht allein bleiben.

„Jaauuuu, Jaauuui." Die Menschen blieben jedoch hart.

„Jetzt bloß nicht beachten oder reagieren", flüsterte die Frau dem Mann zu, „sonst haben wir verloren und Socke lernt, wie er seinen Willen bekommt. Dann wird er nicht mehr nachgeben mit dem Gejaule."

Socke wusste derweil nicht so recht, wie ihm geschah. Warum sollte er die Nächte getrennt von der kleinen Katzendame verbringen?

Er, der doch seine ersten Lebensmonate in einer großen Katzenfamilie verbracht hatte. Natürlich war es im Winter recht ungemütlich auf dem Supermarktparkplatz gewesen, blickte Socke zurück. Er hatte zwar den ganzen Tag tun und lassen können, was er wollte, war immer an der frischen Luft und hatte sogar ab und an etwas Futter vorgesetzt bekommen. Allerdings nicht regelmäßig, sodass sein Magen häufig geknurrt und die ganze Katzengruppe sich vor Hunger an so manchen kalten Tagen ganz eng zusammen gekuschelt hatte.

Ach ja, ein kleiner Seufzer entfuhr ihm als er diesen Gedanken nachhing.

Letztendlich bin ich doch froh, dass ich damals den Mut hatte, in den löchrigen Kasten zu kriechen, aus dem es so gut roch. Die ersten Tage im Tierheim waren zwar ungewohnt, aber nach und nach trudelte die ganze Familie ein, bis wir sieben wieder zusammen waren. Das war vielleicht ein großes Hallo, schmunzelte Socke bei der Erinnerung daran, dass nicht nur er in die Falle getappt war, die von den Mitarbeitern des Tierheims zum Einfangen der wildlebenden Katzen aufgestellt worden war.

Jetzt hatte er ja auch wieder einen Artgenossen um sich. *Ich mache einfach alles so, wie die kleine Katze,* beschloss Socke, um so das Vertrauen von Stinker zu erlangen.

Tagsüber orientierte sich der junge Kater also an Stinker. Wo sie war, da wollte auch er sein. Hielt Stinker ihren Mittagsschlaf im Bett, so legte sich der Kater in einigem Abstand sofort dazu. Spielte die kleine Katze mit ihrem Ball, war Socke prompt mit von der Partie und tobte um Stinker herum. Die Katzendame war zunehmend genervt.

„Nun lass mich doch mal in Ruhe!", fauchte sie mittlerweile fast täglich den neuen Mitbewohner an. Doch Socke gab nicht auf. Wenn ihm langweilig war, weil Stinker schlief und er spielen wollte, schlug er einfach mit der Tatze auf den Kopf der kleinen Katze. Empört schnauzte sie ihn dann an: „Spinnst du? Was soll das? Hau ab!"

Und wenn dies alles nicht erfolgreich war, zog sie es vor, ihren Ruheplatz mit eiligen Schritten zu verlassen, um den nächsten Schrank mit einem einzigen Satz zu erklimmen.

Trotzdem lebte sich Socke immer besser in den Haushalt ein. Es vergingen einige Wochen, dann hatte er Vertrauen zu den Menschen gefasst und ließ sich bereitwillig streicheln und kraulen. Ja, er suchte förmlich die Aufmerksamkeit und Zuneigung der Menschen und wurde im Laufe der Zeit zu einem richtigen Schmusekater.

Die Menschen hatten die Befürchtung, dass sich Stinker vernachlässigt fühlen könnte und beachteten die schwarz-weiße Katze in dieser Zeit besonders. Aber es half alles nichts: Stinker wollte nicht dort sein, wo Socke war und Socke wollte bei der kleinen Katze und den Menschen sein.

Dieses Dilemma führte eines Nachts zu dem fürchterlichen Unfall, der Stinker einen rosafarbenen Verband an ihrer Schwanzspitze einbrachte.

FÜNFZEHN

Socke durfte mittlerweile auch die Nächte frei im Haus verbringen. Er hatte bereits vor einigen Tagen den großen Garten erkundet und war sehr müde von den aufregenden Stunden, die er draußen verbrachte. Der Nachbarskater Mika war anfänglich etwas erstaunt gewesen.
Noch jemand in seinem Revier?!
Wie Socke es geschafft hatte, den älteren Kater für sich einzunehmen, blieb sein Geheimnis. Vielleicht war es seine Unbekümmertheit, seine Offenheit für alles Neue oder einfach die jugendliche Neugierde von Socke, die Mika gefiel. Jedenfalls tobten die beiden von Anfang an stundenlang durch die benachbarten Gärten, sprangen übereinander und kugelten gemeinsam über den Boden. Mal war der eine Kater oben, mal der andere. Der junge Kater schien auf den schon älteren und erfahrenen Kater eine positive Wirkung zu haben – selbst, wenn Socke es mal übertrieb und rote Fellbüschel beim

Spiel der beiden durch die Luft flogen. Mika war nicht nachtragend und stand am nächsten Tag wieder vor der Terrassentür, um seinen mittlerweile besten Freund Socke zu begrüßen.

Stinker beobachtete die Balgerei der Kater von weitem und ging in diesen Tagen zumeist ihre eigenen Wege im Garten.

Sollten die beiden doch raufen, ihr war viel mehr nach einer Mäusejagd!

Die Nächte verbrachte sie immer noch mit Vorliebe im Schlafzimmer, allerdings waren die Zeiten für sie jetzt aufregender. Schließlich musste sie des Tags den jungen Kater immer im Blick behalten und ihre Ohren nahmen dabei jedes Geräusch auf, sodass sie abends viel zu müde war, um noch lange Zeit durch das Haus zu toben. Außerdem stand Socke manchmal unvermittelt hinter ihr und sie erschrak dann immer sehr und sauste so schnell sie konnte durch das Haus.

Doch heute war alles ruhig. Den Kater hatte sie schlafend in seinem Korb gesehen, als sie sich auf den Weg ins Schlafzimmer der Menschen machte. Plötzlich verspürte sie mal wieder eine unbändige Lust zum Klettern. Sie öffnete die Seite des Kleiderschrankes mit den Bügelstangen, indem sie sich in gewohnter Manier mit den Pfoten dagegenstemmte.

„Kling, Bling", klirrten die Bügel aneinander, als Stinker auf die erste Kleiderstange sprang. Vergnügt balancierte sie auf dem schmalen Steg. Einmal hin und dann wieder zurück.

Welch ein Spaß!

„Stinker, komm da raus", murmelte einer der Lieblingsmenschen im Halbschlaf, als die kleine Katze gerade die nächste schwungvolle Drehung vollziehen wollte.

Sie stutzte, war da nicht ein Geräusch? Und dann, wie aus dem Nichts tauchte plötzlich ein dunkler Schatten vor ihr auf. Die kleine schwarz-weiße Katze erschrak so sehr, dass sie auf der Kleiderstange taumelte und voller Panik in die falsche Richtung sprang, um aus dem Schrank zu flüchten. Dort befand sich die dünne Rückwand des Schrankes, die sich beim Aufprall von Stinker leicht verbog und aus der Verankerung schnellte. Doch als die kleine Katze die Orientierung wiederfand und der Druck auf die leichte Holzplatte nachließ, schnellte die Rückwand wieder in die Verankerung zurück. Im selben Moment durchzuckte Stinker ein wahnsinniger Schmerz. Sie saß inzwischen auf dem Boden des Kleiderschrankes. Bei ihrem hastigen Sprung hatten sich Hemden und Jacken von den Bügeln gelöst und lagen verstreut im Schrank. Stinker jaulte auf, sie schrie vor Entsetzen und Angst.

Der schwarze Schatten, natürlich handelte es sich dabei um Socke, der durch die klirrenden Geräusche auf die Katzendame aufmerksam geworden war, floh so schnell er konnte aus dem Schrank und dem Schlafzimmer.

Er hatte nur mal gucken wollen und sich deshalb auf leisen Sohlen angeschlichen.

Die Schmerzensschreie der kleinen Katze hielten immer noch an und ihm stockte in seinem Versteck der Atem.

Die Menschen sprangen in Sekundenschnelle aus dem Bett.

Stritten sich die beiden Katzen etwa doch? Die markerschütternden Schreie kamen aus dem Schrank, dazu kratzten Pfoten wild auf Holz.

Der Mann schob die Tür des Schrankes, die bisher nur einen kleinen Spalt geöffnet war, ganz auf. Die Frau machte das Licht an. Jetzt sahen die Menschen ein zappelndes Knäuel im Schrank. Jacken und Hemden hatten sich über die kleine Katze gelegt und der Mann hob hastig die Kleider auf.

Der schwarze Schatten, er kommt zurück und ich komme hier nicht weg! Panisch biss Stinker in die Hand des Mannes, darauf folgten noch ein, zwei Hiebe mit der Pfote.

Wollte der Schmerz denn gar nicht nachlassen?

„Aua, Stinker hat mich gebissen!" Kleine Blutstropfen auf dem Handrücken verrieten die Wunde.

„Da stimmt was nicht, warum kommt Stinker denn nicht aus dem Schrank?!"

Während der Mann seine Verletzung reinigte, schaute die Frau vorsichtig nach der tobenden Katze, die immer noch wie von Sinnen mit den Pfoten auf dem Boden kratzte. Jetzt sah sie auch den Grund dafür, warum sich die kleine Katze nicht von der Stelle bewegen konnte. Das letzte Stück vom Schwanzende klemmte unglücklich in der Rückwand des Schrankes. Eilig drückte die Frau die Wand aus der Verankerung und Stinker war wieder frei. Augenblicklich stürmte diese unters Bett und leckte sich die Schwanzspitze.

Offensichtlich war die Katze nicht ernsthaft verletzt und brauchte vorerst nur etwas Ruhe, um die Schrecksekunden zu verarbeiten.

Jetzt war es für die Frau an der Zeit, sich um die Hand ihres Mannes zu kümmern. Ein Blick zur Uhr verriet: Es war zwei Uhr nachts! Sie wusste, dass ihr Mann keine gültige Impfung gegen Wundstarr-krampf besaß. Dies hatte er immer etwas nachlässig gehandhabt und so überredete sie ihn, sofort ins Krankenhaus in die Notaufnahme zu fahren.

„Um diese Uhrzeit?!" Übelgelaunt von dem nächtlichen Schrecken, erschien ihm eine Fahrt ins Krankenhaus als nicht allzu wichtig.

„Mit einem Katzenbiss ist nicht zu spaßen! Viele Bakterien können in die Wunde eindringen und eine Entzündung verursachen."

Ein Anruf im Krankenhaus bestätigte ihre Vermutung, sie sollten lieber jetzt schon vorbeikommen und die Wunde behandeln lassen. So gegen vier Uhr in der Früh war der Mann verarztet und die beiden Katzen hatten sich von der Aufregung einigermaßen erholt. Allerdings war das Schwanzende von Stinker doch ein wenig geschwollen und eine kleine blutige Abschürfung zeugte von den Ereignissen in der Nacht.

Es half also nichts: Auch Stinker sollte am Morgen gleich zum Tierarzt, um die Wunde genauer untersuchen zu lassen, zumal die kleine Katze immer wieder ihren Schwanz ableckte. Ganz offensichtlich hatte sie Schmerzen. Der Mann war den Katzen indes nicht böse, die ganze Aufregung in der Nacht hatte einfach nur sehr deutlich gemacht, welche Unfallrisiken es für Katzen in einem Haus geben kann.

Stinker wurde am Morgen gleich als erstes beim Tierarzt behandelt. Tapfer ertrug sie die Rasur des Felles, um die Verletzung frei zu legen.
Glücklicherweise war die Durchblutung des Schwanzendes nach der kurzzeitigen Quetschung noch intakt. Ein Schmerzmittel und eine Wundsalbe sollten die Verletzung schnell heilen lassen. Geschützt durch einen dicken Verband, der mit einem rosa Pflaster im Fell des schwarzen Schwanzes der kleinen Katze fixiert wurde, verließen die Menschen mit Stinker die Tierarztpraxis.

Das Abenteuer ist noch einmal gut ausgegangen.
Die Verankerung der Rückwand des Kleider-schrankes wurde noch am selben Tag verstärkt.
Doch Stinker verspürte in der Zukunft keine Lust mehr, den Kleiderschrank zu öffnen. Zu tief war der Schock über die Ereignisse gewesen.
Auch Socke benötigte einige Zeit, um nicht wieder bei jedem lautem Geräusch zu erschrecken.

SECHZEHN

Eine ferne Stimme holte die kleine schwarz-weiße Katze aus dem Dämmerschlaf.
Wie lange hatte sie hier geschlafen? Um sie herum war alles dunkel. Plötzlich war sie hellwach. Sie befand sich immer noch in der Garage, eingeschlossen, ohne einen Weg hinaus.

„Stinker … Stinkie!", die freundliche Stimme wurde eindringlicher – „na komm."
Dazu das nur allzu vertraute Rascheln mit der Leckerlitüte. Ein unwiderstehliches Geräusch, das die kleine schwarz-weiße Katze ansonsten veranlasste, ihre aktuelle Tätigkeit – in welcher Ecke des großen Gartens auch immer – einzustellen. So schnell sie konnte holte sie sich zumeist mit großen Sprüngen eine besondere Belohnung ab.
Dass die Rufe und die Belohnung ein Zeichen waren, zu Bett zu gehen, störte sie dabei nicht.

Stinker hatte sich an den Rhythmus der Menschen gewöhnt und war ganz froh darüber, die Nächte nicht draußen verbringen zu müssen. Doch heute war alles anders. Stinker reckte den Kopf.

Ich muss hier raus, mein Lieblingsmensch ruft nach mir, bestimmt macht sie sich Sorgen, dass ich noch nicht wieder zurück bin.

Dann schnüffelte sie abermals an dem winzig kleinen Spalt, der zwischen Fußboden und Tor ein wenig Luft hineinließ und fing an, mit den Pfoten auf dem Betonboden zu scharren. Staub und Dreck wirbelten empor und stiegen ihr in die Nase. „Hatschi!"

Vielleicht kann ich es mit meiner Schnauze öffnen? Stinker erinnerte sich daran, dass sie damit zu Hause schon einige Türen geöffnet hatte, sehr zum Erstaunen der Lieblingsmenschen. Sie spürte förmlich die Nähe ihrer Menschen und eine tiefe Sehnsucht überkam sie. Aber so sehr sie sich auch anstrengte, die kleine rosa Nase durch den Spalt zu schieben, das Tor bewegte sich nicht. Allmählich schmerzte ihre ganze Schnauze vor Anstrengung.

Ach Socke, dachte die kleine Katze plötzlich an den neuen Mitbewohner.

Ich habe Dich immer nur angefaucht, schuldbewusst wünschte sie sich nichts sehnlicher, als jetzt sein freundliches Gesicht zu sehen, das immer fröhlich war.

Die vertraute Stimme entfernte sich immer weiter und auch das Rascheln wurde leiser. Stinker war jetzt wieder ganz allein.

Die Stunden vergingen, die Sonne war schon lange vom Himmel verschwunden und die Menschen machten sich große Sorgen um die kleine Katze, die unauffindbar war.

„Sie wird doch nicht weggelaufen sein?", mutmaßte die Frau.

„Quatsch, okay vielleicht war sie ab und an etwas genervt von Socke, aber deswegen läuft sie doch nicht weg. Die taucht schon wieder auf!", versuchte der Mann sie zu beruhigen.

„Aber sie war noch nie über Nacht draußen", merkte die Frau an und mochte sich gar nicht ausmalen, was so einer kleinen Katze alles passieren konnte.

Die Menschen beschlossen, gleich am nächsten Morgen bei den Nachbarn zu fragen, ob diese die kleine Katze gesehen hätten.

Auch Socke vermisste die Katzendame und lief immer wieder unruhig durch alle Räume des Hauses.

Wo war Stinker bloß? Angestrengt dachte er darüber nach, wo er sie zuletzt gesehen hatte. Im Garten war ihr schwarz-weißes Fell nur von weitem aufgeblitzt, als sie über die straßenseitige Hecke gesprungen war Er hatte sie dabei noch aus dem Gebüsch heraus beobachtet.

Socke erinnerte sich aber noch, dass in diesem Moment der Nachbar die Einkäufe aus seinem Auto trug. Der junge Kater hatte immer ein wenig Angst vor den raschelnden Tüten und so hatte er einen anderen Weg eingeschlagen, obwohl er der kleinen Katze zuerst noch folgen wollte.

War es möglich, dass sie in der Garage gegenüber eingeschlossen worden war?

Bei diesem Gedanken konnte Socke vor Aufregung kein Auge schließen.

So könnte es gewesen sein. Aber er musste sich bis morgen früh gedulden.

Am nächsten Morgen war von Stinker immer noch keine Spur. Die Hoffnungen der Menschen, ihre Katze hatte nur einen nächtlichen Ausflug unternommen und säße jetzt wieder vor der Terrassentür, zerschlugen sich. In getrübter Stimmung beratschlagten sie die nächsten Schritte, nicht ohne vorher Socke nach draußen in den Garten zu lassen. Dieser hatte wahrlich seine eigenen Pläne.

Der junge Kater lief so schnell er konnte über die gepflasterte Straße und richtig, ganz leicht konnte er noch den Geruch der kleinen Katze wahrnehmen. Er stand jetzt vor dem verschlossenen Garagentor und maunzte leise.

Stinker, die immer noch auf der anderen Seite des Tores lag, hob erstaunt den Kopf. Die Nacht war alles andere als angenehm gewesen. Sie hatte den Raum immer wieder durchsucht und jede Ecke erkundet, doch es gab keinen Weg hinaus. Ihre Schnauze war völlig verdreckt und tat entsetzlich weh. Sie hatte immer wieder versucht, einen Spalt zu finden, der sich öffnen ließ. Schließlich hatte sie sich erschöpft und entmutigt direkt vor das Tor gelegt, um ja nicht den Augenblick zu verpassen, falls dieses sich doch plötzlich öffnen sollte.

Das Miauen des jungen Katers erkannte sie sofort und sie antwortete ihm mit einem leisen Maunzen. Erleichtert sprang Socke vor Freude einmal in die Luft. Er hatte die kleine Katze gefunden und es schien ihr gut zu gehen. Er schnüffelte noch einmal durch den Spalt und richtig: Das war eindeutig Stinker.

Bevor Socke noch lange überlegen konnte, öffnete sich die Haustür und der Garagenbesitzer befüllte die Mülltonne. Instinktiv kratzte der Kater am Garagentor – erst ganz leicht und dann immer kräftiger. Doch der Mann reagierte nicht.

„Ist der denn taub, oder was?", schimpfte der Kater leise vor sich hin.

Socke musste sich etwas anderes einfallen lassen und als er sah, dass der Mann just wieder das Haus betreten wollte, lief er ihm direkt vor die Füße.

„Miaauu!"

Jetzt hatte Socke die erwünschte Aufmerksamkeit und er entfernte sich wieder in Richtung des Garagentores, um sich anschließend umzudrehen, frei nach dem Motto: „Kommst Du jetzt endlich? Mauuuu"

Er pendelte einige Male zwischen den Beinen des Mannes und dem Garagentor hin und her. Endlich schien der Nachbar zu begreifen. Er folgte dem Kater und lauschte.

„War da nicht ein Geräusch?"

Jetzt kratzte auch die kleine Katze von drinnen und miaute dazu jämmerlich.

Der Mann verstand sofort und öffnete das Tor mit einem Ruck. Socke erschrak bei dem Geräusch, die

Vorfreude, die kleine Katze gefunden zu haben, ließ ihn aber ausharren. Auch Stinker erschrak auf der anderen Seite, aber sie wollte nur noch raus aus der Garage und bewegte sich nicht von der Stelle.

Endlich wieder frische Luft!, dachte sie freudig. Stinker hob ihr kleines Näschen empor und schnupperte. Die Sonne blendete sie, sodass sie Socke, der direkt vor ihr stand, zuerst nicht sah.
Zur Begrüßung stupste der Kater vorsichtig an die Nase der kleinen Katze. Stinker erwiderte die Geste spontan und leckte dem Kater ihrerseits dankbar einmal quer über die Schnauze. Glücklich knabberte Socke ganz leicht an Stinkers Ohr und die kleine schwarz-weiße Katze ließ ihn still gewähren.
„Nun aber schnell nach Hause!", sagte der Mann schmunzelnd. „Ihr werdet bestimmt schon vermisst."
Die beiden Katzen liefen gemeinsam zurück zum Haus und saßen schon kurz darauf zusammen vor der Terrassentür.

Es dauerte nicht lange, bis das Duo von den Lieblingsmenschen entdeckt wurde. Die Freude über die Rückkehr der kleinen Katze war groß und die neu entstandene Tatzenfreundschaft sollte noch so manches Abenteuer bestehen.